IRMÃOS PARA SEMPRE

IRMÃOS PARA SEMPRE

UM ROMANCE DE
CHIARA LOSSANI

TRADUÇÃO
MARCOS BAGNO

Título original em italiano: *Fratelli*
© Istituto Armando Curcio S.r.l., Roma, 2020
Texto de Chiara Lossani
Publicado originalmente na Itália em junho de 2020 por Risfoglia
Traduzido por acordo com Base Tres (www.base-tres.com) e
Agência literária Bennici&Sirianni (www.agenzia-letteraria.it)

Coordenação editorial: Graziela Ribeiro dos Santos, Ana Claudia Ferrari
e Olívia Lima
Preparação e revisão: Lígia Maria Marques e Marcia Menin

Edição de arte: Rita M. da Costa Aguiar e Fernanda do Val
Produção industrial: Alexander Maeda
Impressão: Bartira

Dados Internacionais de Catalogação na Publicação (CIP)
(Câmara Brasileira do Livro, SP, Brasil)

Lossani, Chiara
    Irmãos para sempre / Chiara Lossani ; tradução
Marcos Bagno. -- 1. ed. -- São Paulo : Edições SM,
2021.

    Título original: Fratelli
    ISBN 978-65-5744-370-5

    1. Ficção juvenil I. Título.

21-69608   CDD-028.5

Índices para catálogo sistemático:
1. Ficção : Literatura juvenil 028.5
Cibele Maria Dias - Bibliotecária - CRB-8/9427

1ª edição novembro de 2021
3ª impressão 2023

Todos os direitos reservados à
SM Educação
Avenida Paulista 1842 – 18°Andar, cj. 185, 186 e 187 – Cetenco Plaza
Bela Vista 01310-945 São Paulo SP Brasil
Tel. (11) 2111-7400
atendimento@grupo-sm.com
www.smeducacao.com.br

Para Gianna e Roberto Denti,
amigos inesquecíveis.

ÍNDICE

And how many ears
must one man have
before he can hear people cry?

[E quantos ouvidos
um homem precisa ter
até poder ouvir o povo chorar?]

Bob Dylan

MEX 68

CAPÍTULO 1

Cidade do México, 13 de outubro
As eliminatórias

O CABELUDO

Na calçada diante da escola, Diego estava de pé, afastado dos outros. Apoiado na parede, observava os colegas trocando figurinhas dos atletas olímpicos.

Fernando e Marcelino estavam brigando.

— Três figurinhas por uma do Tommie Smith? Ficou doido? — gritou Fernando.

— Tommie Smith é um campeão e vale mais!

— Mas é preto! Meu pai disse que os pretos são só os cavalos de corrida dos brancos!

— Seu pai é um racista e você é igual a ele!

— E você é um boboca que não entende nada de esporte.

— Não fala isso que eu…!

Estavam a ponto de se socar. Fernando, forte como um touro, estendeu um punho fechado na direção de Marcelino, magro como um espeto. Diego espichou o pescoço, curioso, mas do portão de repente saiu o bedel.

— Parem já com isso ou vocês vão para a diretoria! — Ele se colocou no meio, os dois se afastaram e o espetáculo terminou.

Os outros colegas começaram a tagarelar entre si:

— Meu irmão foi ontem ao estádio olímpico…

— Eu e meu irmão não perdemos nenhuma competição na televisão…

— Meu irmão chegou em segundo na corrida da escola…

Diego escutava, de cabeça baixa. Marcelino se aproximou.

— Eu não tenho irmão. Você tem?

Diego não respondeu.

— E aí, Diego, você viu as eliminatórias na tevê?

Diego se inclinou para amarrar um sapato. Marcelino não desistiu.

— Você não gosta de esporte?

Diego suspirou.

— Também não gosta de companhia, né? — Marcelino deu uma risadinha.

CAPÍTULO 1

— Ei, olha só aquele cara ali! — gritou um colega de repente.

Todos se voltaram: um jovem de cabelos loiros compridos, calça e jaqueta *jeans* estava atravessando a rua.

— Um gringo cabeludo, um *hippie*!

O jovem prosseguia de cabeça levantada, as mãos nos bolsos, o andar seguro.

Diego arregalou os olhos e seus óculos deslizaram lentamente pelo nariz.

— Tchau, vou pra casa! — despediu-se apressado, mas, depois de pegar a pasta que estava encostada na parede, tropeçou nos próprios pés: cadernos e livros caíram e se espalharam sobre a calçada.

Os colegas riram.

— Olha só o desastre!

Enfiou tudo dentro da pasta de qualquer jeito e foi embora. Quando virou a esquina, porém, deteve-se para esperar o tal cabeludo.

DAVE
— Dave!
— Diego!

Os dois se abraçaram.

— Você voltou...

— Depois te conto... E você, tá fazendo o que aqui?

— Meu pai me trocou de escola. Essa aqui, na opinião dele, é "mais conceituada"...

Dave apoiou o dedo indicador sobre o lábio, fingindo um bigode e imitando a voz anasalada do pai de Diego:

— "Não devemos nos misturar com o povão." Ah, Diego, seu pai continua o mesmo!

Diego não tirava os olhos dos cabelos loiros de Dave, que iam até os ombros.

— E você está diferente...

Dave jogou a franja para trás.

— Eu agora estudo na Universidade Estadual de San José, na Califórnia, aquela dos protestos estudantis! Ah, a Califórnia é outro mundo, bicho! Lá todo mundo tem cabelo comprido, não existe diferença de cor e ninguém liga pra uniforme! Você já deve estar sabendo que não moro mais com minha mãe.

Diego negou com a cabeça. Dave então lhe deu um tapinha no ombro.

— Claro que seu pai não fala de mim! — Entretanto, logo seus olhos se enterneceram. — Mas você não se esqueceu de mim, né?

Os olhos de Diego brilharam: como poderia se esquecer de Dave?

Era seu irmão.

Quase.

CAPÍTULO 1

ERAM IRMÃOS, QUASE

Dave era estadunidense. Tinha pele clara e cabelos loiros e era esguio, extrovertido. Estava com vinte anos e desafiava o mundo.

Diego era mexicano. Tinha cabelos e olhos escuros e era baixo, tímido. Estava com doze anos, tinha pés chatos e usava óculos que viviam escorregando pelo nariz.

Tão diferentes. No entanto, haviam sido irmãos.

Quase.

Viveram juntos por alguns anos, depois do casamento do pai de Diego com a mãe de Dave, e foram como irmãos naquela época. Seis meses antes, porém, os pais se separaram, e Dave e a mãe voltaram para os Estados Unidos.

Diego tinha ficado só, como depois da morte da mãe. Aquela dor e aquele vazio que sentia desde pequeno reapareceram redobrados e ressoavam dentro dele como um eco que repetia: "Se quiser sobreviver, fique longe da dor, mas também da alegria, porque, cedo ou tarde, ela se transforma em dor".

O vazio devorava sua esperança, afastando-o de todos e deixando-o sufocar na indiferença mais cinzenta e triste.

Mas, agora que Dave estava de volta, tudo seria como antes, tudo ficaria em ordem outra vez, Diego disse a si mesmo, com um suspiro de alívio.

MEIA HORA

— Você vai voltar pra nossa casa? Vai ficar aqui pra sempre?

Dave soltou uma gargalhada.

— Tá brincando? Quer me ver morto? Fico na Cidade do México por uns dias pra ver os Jogos Olímpicos.

— Mas eu achei que... — As palavras morreram na garganta de Diego. Ele encolheu os ombros e baixou o olhar para a calçada.

— Que é isso, *bro*, não fica assim! Não posso morar mais com seu pai! Você agora é grande e já deve ter percebido algumas coisas... — Dave o abraçou. — Você gosta de mim, né?

Diego confirmou com a cabeça.

— Então pode me entender! Levanta o astral, vamos: *take it easy*, relaxa, não seja criança! Você tem que virar o jogo!

Diego franziu a testa: "*Take it easy?* Virar o jogo? *Bro?*". Por que Dave falava assim? E o que estava acontecendo? Primeiro o abraçava, depois dava bronca nele...

— Eu vim com uns amigos da universidade. Estamos no acampamento. Dois colegas nossos vão competir nos duzentos metros, dois velocistas negros que correm feito um raio! Tommie Smith e John Carlos,

dois caras geniais! Você ia pirar se conhecesse eles.

Diego arregalou os olhos.

— Você é amigo do Tommie Smith e do John Carlos?

— Claro! Já ouviu falar deles?

— Na escola só se fala deles!

Diego já nem se lembrava de que tinha ficado aborrecido ainda havia pouco e queria saber mais. Dave, no entanto, olhou para o relógio.

— Foi bom te ver, Diego. Agora preciso ir.

— Mas a gente nem começou a conversar!

— Tenho um compromisso daqui a pouco. Prometo que a gente se vê de novo antes de eu ir embora, *ok*?

Dave se aproximou para abraçá-lo, porém Diego recuou de modo tão brusco que os óculos desabaram sobre a calçada.

— Puxa, *bro*, tá tudo bem?

Diego se abaixou para pegar os óculos, os pensamentos misturados num tumulto de tristeza e raiva.

— Tenta entender, Diego! Vou te escrever... Aliás, logo te telefono, cara... Preciso ir mesmo, *ok*? Tá tudo bem com você?

Diego ajeitou os óculos no nariz.

— Sim, tudo bem — sussurrou com voz rouca, mas, quando voltou a ficar de pé, o irmão tinha desaparecido.

A CASA VAZIA

Sua casa o esperava em silêncio. Não parecia a mesma de quando Dave e sua mãe viviam com eles.

Naquela época, a música rolava entre os cômodos. O pai se enfurecia.

— Abaixa essa música, seu baderneiro! — gritava ele do escritório.

E Dave aumentava ainda mais o volume.

"Ele é corajoso feito um dragão", pensava Diego. Dave era seu ídolo. Quando voltava da escola, escutavam juntos na vitrola portátil os discos de 45 rotações, que pareciam *tortillas*[1] pretas.

Então cantavam, tagarelavam, comiam pipoca e *tacos*[2] frios, e o molho picante escorria pelos lados, sujando as mãos e manchando as camisas. Riam feito loucos e o mundo era um lugar feliz.

Agora, no entanto…

Agora os dias eram cinzentos; as camisas, limpas demais; e a porta do quarto de Dave, sempre fechada.

Diego cambaleou pelo corredor e enfiou a cabeça naquele quarto.

---

1. *Tortilla* é uma massa feita com farinha de milho ou trigo, de formato arredondado, muito comum na culinária mexicana. Pode ter cores diferentes, dependendo da variedade de milho usada em sua confecção. É a base de receitas típicas do país, como o *taco* (*tortilla* dobrada ao meio) e a *enchilada* (*tortilla* enrolada). Geralmente os recheios são carnes diversas, queijos, abacate, coentro e molhos condimentados. (N. E.)
2. Ver nota 1. (N. E.)

CAPÍTULO 1

As persianas estavam baixadas, mas alguns raios de luz conseguiam se insinuar entre as brechas, produzindo uma atmosfera de filme de ficção científica, um mundo imóvel e cinzento de pós-apocalipse. A cama bem-feita, nenhum objeto fora do lugar, nem sequer um livro no chão, uma camisa sobre a cadeira ou um pôster na parede. Nada de violão, toca-discos, fotos.

Diego voltou ao próprio quarto, pôs na cabeça o boné de beisebol que Dave tinha lhe dado e desprendeu da parede os três cartões-postais enviados por ele.

Olhou para o verso dos cartões. Poucas linhas com cumprimentos e muitas assinaturas alegres em volta da dele. Dava para ver que Dave estava feliz na Califórnia e que a vida no México tinha sido apagada.

"Será que nós dois ainda podemos nos considerar irmãos?", perguntou-se Diego. "Mas o que, afinal, significa ser irmãos?" Jogou o boné sobre a cama e saiu, batendo a porta.

A mulher que cuidava da casa tinha servido o almoço de Diego na mesa da cozinha. O prato estava coberto por outro prato, o copo de boca para baixo, o guardanapo limpo e dobrado.

Diego jogou o guardanapo para o alto e começou a se empanturrar de *enchiladas*[3], sujando a camisa.

3. Ver nota 1. (N. E.)

Quando terminou, teve uma ideia. Talvez nem todas as esperanças estivessem perdidas.

POR TRÁS DA TELA

A tarde foi compridíssima.

Diego olhava o tempo todo para o relógio e não conseguia ficar quieto. Atravessou o corredor de um lado para o outro por algum tempo e, por fim, irritado, ligou a televisão. Seu pai exigia que fizesse as tarefas antes de ver tevê, mas ele ligou assim mesmo.

Na tela, apareceram imagens dos Estados Unidos. Homens e mulheres protestavam pelas ruas com grandes cartazes pendurados no pescoço: "Abaixo a discriminação!", "Abaixo o racismo!", "Direitos iguais para todos!".

Em primeiro plano, a fotografia enquadrada de um homem negro estadunidense com uma legenda embaixo: "Eu tenho um sonho".

Diego viu que a polícia atacava os manifestantes com cassetetes. Alguns ficaram feridos, e, em meio aos gritos, rostos ensanguentados ganharam destaque...

Não conseguia desviar o olhar. Já fazia algum tempo que cenas assim apareciam na televisão, mas seu pai desligava o aparelho, porque não queria que ele as visse.

CAPÍTULO 1

Logo começou o noticiário esportivo, direto do estádio olímpico, onde aconteciam algumas eliminatórias dos duzentos metros.

Pela primeira vez, desde o início das competições, Diego ficou interessado. Buscava entre os atletas os amigos de Dave e, enquanto eles se preparavam na pista, tirou os óculos, ajoelhou-se e apoiou os calcanhares na poltrona do pai. Em seguida, após um imaginário tiro de largada, saltou para a frente e disparou a correr em volta da mesa da sala.

Em geral, quando corria, sentia-se uma lesma, mas dessa vez se viu de cabeça erguida, devorando a pista, com a faixa de chegada roçando sua pele.

Depois, trepou na cadeira para receber a medalha de ouro enquanto o público gritava: "Diego! Diego!".

— Diego! O que é isso? — trovejou de repente uma voz junto à porta.

NÃO SE FALA MAIS NISSO!
— Pai, até que enfim!
— Já fez as tarefas?
— Hoje tem as eliminatórias dos duzentos metros, pai…

Não muito alto, barriga saliente, discretamente calvo e roupa impecável, o pai se adiantou para desligar a televisão, mas naquele instante se ouviu o tiro de

largada e ambos fixaram o olhar na tela.

Na pista, competiam muitos atletas negros e alguns deles se classificaram para as semifinais.

— Pai, hoje eu encontrei o Dave na frente da escola...

— Ele voltou pra cá?

— Veio pros Jogos Olímpicos... Dois amigos dele vão correr: Tommie Smith e John Carlos, aqueles dois velocistas classificados!

— Ah, então esses são os amigos dele agora?

— Sim, pai, e... você acha que o Dave podia voltar a morar com a gente? Ele não quer, mas se você falasse com ele... O quarto dele está vazio, pai, e eu ia gostar... Seria um problema pra você, pai?

O pai o fitava com o olhar perplexo.

— Viver conosco, aquele *hippie*? Você perdeu o juízo? Ficou louco? Ou foi ele que te enfiou essas minhocas na cabeça?

— Não, pai, eu é que pensei que aqui em casa tem lugar, e o Dave podia me ajudar nas tarefas, e...

— Não me parece boa ideia. Esquece isso.

— Mas, pai...

O pai se enfureceu:

— Não quero um *hippie* em casa, muito menos pra educar meu filho! Era só o que faltava! Você tem cada ideia! Vá fazer suas tarefas e não se fala mais

nisso! Não quero mais saber nada nem do Dave nem da mãe dele!

Diego arregalou os olhos, não disse uma palavra, baixou a cabeça e foi se trancar no quarto.

O MAR

Voltaram a se ver à noite, um diante do outro, sentados à mesa posta.

— Olha a postura!

Diego endireitou o corpo. O pai mastigava depressa, o olhar sobre o prato, e ele o espiava, na expectativa de algo que ainda não sabia bem o que era.

Seu pai era um homem severo. Não era mau, mas vivia ocupado com o trabalho, estava sempre com pressa e nunca achava tempo para lhe dizer "Te amo", como fazia a mãe. Era fechado em si mesmo, e às vezes Diego pensava que escondia algum segredo que o obrigava a se comportar assim. Parecia sempre com raiva. De quem? Dos colegas de trabalho? Ou dele?

Diego achava que a culpa era sua: na escola não era o primeiro, como desejado, e quando estava em casa sabia que era um estorvo. "Não me faça perder tempo!", o pai sempre lhe dizia.

Terminado o jantar, Diego voltou para o quarto.

Seu olhar dirigiu-se para a mesa de cabeceira, para a fotografia em que ele era pequeno e a mãe o segu-

rava nos braços com o mar à frente, os olhos distantes, a fitar o infinito.

Desde menino, falava sempre com as fotografias da mãe espalhadas pela casa, mas, depois do casamento do pai, tinha parado, pois Dave havia se tornado seu confidente.

Naquela tarde, porém, estava tão triste que...

— Mãe, me ajuda... — disse a ela num sopro. Então apagou a luz e escondeu a cabeça sob o travesseiro. Já sabia que não tinha mais sequer um quase irmão, que não veria Dave novamente e que a vida havia voltado a ser como antes!

Contudo, naquela noite, o mar começou a ondular diante da mãe.

MEX 68

CAPÍTULO
2

14 de outubro
O convite

O FURGÃO

"Yes, and how many ears must one man have before he can hear people cry?"[4] A música sacudia as paredes do furgão adaptado para morar nele viajando.

"The answer, my friend, is blowin' in the wind..."[5]

Movido pelo vento, o galho de uma árvore começou a bater contra a janela do furgão atrás da qual Dave dormia.

Ele despertou e entre as pálpebras semiabertas en-

---

4. Sim, e quantos ouvidos um homem precisa ter até poder ouvir o povo chorar? [Tradução livre.] (N. E.)
5. A resposta, meu amigo, está voando com o vento... [Tradução livre.] (N. E.)

treviu as bolsas de couro de Bob e de Cory penduradas no beliche. Espreguiçou-se.

— Ei! Cadê vocês?

"The answer, my friend, is blowin' in the wind!", respondeu a música do gravador.

— Belos amigos! Saíram sem me esperar!

Levantou-se bocejando. Vestia uma camiseta e uma bermuda.

Sobre uma mesinha, uma confusão de xícaras e, espalhados no chão, muitos panfletos...

PROJETO[6] OLÍMPICO PELOS DIREITOS HUMANOS
ABAIXO A DISCRIMINAÇÃO RACIAL
NO ESPORTE!
NÃO FIQUE PARADO OLHANDO!
VENHA VOCÊ TAMBÉM À ASSEMBLEIA DE AMANHÃ!

Dave tomou um resto de café, trocou de roupa e saiu, deixando o gravador tocar.

Eram nove e meia. O compromisso era às nove,

---

6. O Projeto Olímpico pelos Direitos Humanos (OPHR, na sigla em inglês) foi fundado em 1967 na Universidade Estadual de San José, na Califórnia, Estados Unidos, para defender um boicote aos Jogos Olímpicos de 1968 e assim fazer um protesto internacional denunciando a violação persistente e sistemática dos direitos humanos dos negros no país, entre outros objetivos. Segundo Harry Edwards, um de seus idealizadores, o projeto era parte de um movimento muito maior em prol dos direitos civis que se espalhava pela sociedade estadunidense. (N. E.)

mas ele não tinha pressa. *"Take it easy!* Vá com calma!"* Esse era seu lema.

Estacionada diante do furgão, a motocicleta o esperava. Com a manga da camisa, deu uma espanada no farol e no tanque, pintado de vermelho com o símbolo de paz e amor em preto. Depois subiu na moto.

— Eu e você vamos mudar o mundo, amiga! — e partiu como um cavaleiro sobre seu cavalo.

O CRACHÁ

A Vila Olímpica era protegida por uma grade alta. Dave estacionou a moto fora e se dirigiu a pé à entrada, cantarolando.

Diante de uma grande cancela, um policial controlava os crachás. Dave se deu conta de não estar com o seu...

— Caramba, a Cory e o Bob pegaram o meu por engano...

— Sem crachá, não entra — disse o guarda.

Dave coçou a cabeça.

— Meus amigos já estão aí dentro, cara! Vou lá chamar eles, que estão com meu crachá, *ok*?

Tentou um passo adiante, mas o homem lhe apontou o fuzil.

— Documentos!

— Ei, cara, não fiz nada de errado! Só quero encontrar meus amigos.

— Me dê os documentos!

Dave levantou as mãos, como quem se rende.

— Tudo bem, não precisa perder a calma!

Fuçou nos bolsos da jaqueta, depois nos da camisa.

— Mas onde eu coloquei...— Agora, sim, a situação se complicava. — Deixei o passaporte no acampamento. Amigo, escute...

— Dave! — bradou uma voz.

Ele se virou.

Ao longo da rua interna, luminosa como a aparição de um anjo, Cory vinha a seu encontro correndo, os cabelos crespos erguendo-se, abundantes, como asas em torno do belo rosto negro. Dave abriu um sorriso de orelha a orelha.

— Está tudo certo, seu guarda. Ele está com a gente. — Cory agitou no ar o crachá de Dave.

O militar verificou os documentos e os devolveu com uma expressão desconfiada.

— Imprensa universitária, é? Entrem, mas não inventem confusão!

— *Ok*, cara! Tudo em ordem, viu só? — disse Dave.

— Vem, não exagera! — Cory o puxou pelo braço, na direção de uma das vielas arborizadas.

— Caramba, Cory, mal começou e eu quase vou em cana por causa de vocês!

Ela se virou e explodiu numa risada. Tinha um sorriso lindo.

— Você parecia um cachorrinho desmaiado de tanto sono... me deu pena te acordar! A gente achou melhor vir pra adiantar o trabalho.

Dave percebeu que ela trazia às costas uma bolsa lotada de panfletos.

— Me dá aqui, eu levo...

— O resto tá lá. — Cory apontou um edifício mais à frente. — O Bob está esperando a gente com os outros.

Escondido atrás de um muro, um grupo de jovens estava reunido. No meio deles, um negro alto, com os cabelos presos num rabo de cavalo e uma bata xadrez, distribuía maços de panfletos.

— Vocês dois vão aos alojamentos da Europa; você, aos da Ásia e da África; eu e o Neil ficamos com os Estados Unidos e o Canadá...

— Ei, Bob, chegamos!

— Oi, Dave! Você e a Cory distribuem os panfletos na Austrália e no México, *ok*? Um para cada atleta, o maior número possível. Batam na porta dos quartos, procurem por eles no parque, mas não deixem os guardas verem vocês, nem os treinadores, senão vamos ser todos expulsos! E, se forem parados, não se esqueçam de dizer que são jornalistas estadunidenses, *ok*?

O pequeno grupo se dissolveu e os jovens se espalharam pela vila.

A VILA OLÍMPICA

A Vila Olímpica era formada de dezenas de pequenos prédios brancos com vários andares, divididos entre as nações, construídos para hospedar os cinco mil atletas vindos do mundo inteiro.

Dave e Cory se esgueiraram dentro do alojamento dos australianos com os panfletos escondidos nas bolsas a tiracolo. Toparam com um maremoto de jovens que subiam e desciam as escadas gritando e rindo.

Dave deteve uma garota carregada de sacolas que se dirigia ao primeiro andar.

— Ei, aqui não tem elevador?

— O treinador proibiu a gente de usar. Se pegar um de nós no elevador, ele expulsa da equipe!

— Ele ficou doido?

— Não, é pra gente se habituar com a altitude!

Dave empurrou Cory para dentro do elevador.

— Eu é que não vou subir escada!

— Um verdadeiro atleta! — zombou ela.

— A gente sobe até o quarto andar e desce pela escada.

Assim fizeram, parando em cada andar e batendo nas portas dos quartos.

Os jovens liam os panfletos e se calavam. Alguns devolviam assim que viam o emblema.

— Os atletas estão proibidos de fazer política...

— É pela defesa dos direitos de todos, por um esporte sem discriminação — explicava Cory.

— Venham amanhã à reunião! Vamos falar de esporte e de direitos — Dave defendia a causa.

Não eram muitos os que ouviam. A maioria fechava a porta na cara deles.

CORY

— Não estou mais acostumado aos dois mil metros de altitude da Cidade do México! Meu coração vai explodir antes do final dos Jogos Olímpicos!

— Tadinho!

Cory despenteou os cabelos de Dave com a mão e ele riu. Não era o tipo que se ofendia fácil. *"Take it easy."* Jogou-se debaixo de uma árvore para recuperar o fôlego e ela o imitou. As bolsas estavam bem mais leves, os panfletos quase todos distribuídos.

Dave sentiu cãibra nas pernas e começou a massageá-las.

Cory tirou um pente da bolsa e o passou entre os cabelos, dobrando-se para a frente.

— Como é que foi com seu irmão?

— Fiz um papelão!

— Quer dizer que foi até lá?

— Passei na frente da escola, queria ver ele... mas fingi que estava ali por acaso.

Ela parou de se pentear e o encarou.

— Não quis dar esperanças pra ele?

— É um garoto frágil... vivendo com aquele pai tirano... sem meu apoio em casa... é muito solitário... triste demais.

Cory voltou a pentear os cabelos.

— Você se sente culpado?

Dave não respondeu.

— Tá — assentiu ela. — Você se sente culpado, mas não tem nada de errado você ter ido embora! Cada um deve encontrar o próprio caminho. O Diego também vai encontrar o dele, cedo ou tarde.

— Você fala assim porque não viu a cara de cachorro abandonado dele. Deixei ele na mão ontem também, como fiz alguns meses atrás. A verdade é que... tive medo.

Os medos

Cory se endireitou, surpresa.

— Medo? Você?!

No rosto de Dave se estampava uma expressão séria, e uma ruga se desenhou em sua testa.

— Medo, sim! Medo de decepcionar o Diego ou-

tra vez. Eu sou o irmão corajoso, sou o herói dele! Ontem fui lá pra contar o que está acontecendo comigo, mas vi ele tão fora do mundo, tão sozinho... Como ele ficaria se soubesse que... — Não conseguiu continuar.

— Se soubesse que você também precisa dele?

Dave arregalou os olhos. Cory sempre o surpreendia com seu modo de entender as coisas.

— E como é que você sabe?

Ela fez um gesto com a mão como quem diz: "Já passei por isso...".

— Sim, é verdade. Eu amo o Diego como um irmão e precisava dele para chorarmos juntos sobre as desigualdades... as malditas desigualdades que fazem os homens infelizes... Vi tantas delas nesses meses, na faculdade, e depois com vocês pela estrada... Cory, eu... eu não esperava tanto desespero nos Estados Unidos!

— O racismo do Sul dos *States* te transtornou, né?

Os olhos de Dave tremeram.

— Todos aqueles negros que ainda vivem como escravos dos brancos...

Fazia semanas que viajavam juntos, ele na moto, ela e Bob no furgão, mas era a primeira vez que Cory notava nele aquela expressão frágil.

Havia chegado a pensar que ele era um filhinho

de papai, alguém que dava uma força ao movimento porque estava na moda ou para conquistar alguma garota, mas tinha se enganado. Segurou um braço de Dave.

— Mas é essa a realidade! Como você quer que seu irmão cresça? Numa gaiola de ouro? Com um pai que conta histórias sobre a superioridade da raça branca e de seu mundo perfeito?

— É só um garoto, Cory!

— Meus irmãos nessa idade estavam na rua trabalhando e já sabiam muito da vida!

— Eu sei, desculpa...

— Não se desculpe, vai falar com ele! Faz ele se sentir digno da sua confiança, mostra que a nossa luta passa pelo sofrimento de todos, inclusive pelo seu!

— Só não queria que ele se iludisse, mas acabei tratando ele como um zero à esquerda... Como eu sou idiota!

— Você tentou protegê-lo... — Cory guardou o pente na bolsa e se sentou ao lado dele. — Volte lá hoje. — Sorriu para ele e seus olhos brilharam como diamantes.

"De onde vem tanta força?", perguntou-se Dave, e um pensamento lhe atravessou a mente como um raio: "Como é bonita! Se ao menos me desse bola!".

CAPÍTULO 2

— Certo, vou fazer isso. Vou convidar o Diego amanhã pra ver as semifinais na tevê e depois falo com ele...

De repente, bateu com a mão na testa.

— Caramba, amanhã não posso, tem a reunião!

— Sobre isso, eu tenho uma ideia, escuta...

Dave estava pronto para escutar, mas naquele momento veio na direção deles um jovem negro que corria para se exercitar. Dave se levantou num salto e lhe estendeu um panfleto.

— Toma, *bro*, lê isso!

O jovem pegou o panfleto, mas, assim que viu o emblema do Projeto Olímpico pelos Direitos Humanos, devolveu-o a Dave e foi embora correndo.

— Que coisa! — exclamou Dave.

Cory lhe entregou um maço de panfletos.

— De volta ao trabalho, vamos! A África não vai levar muito tempo!

Disse aquilo sem nenhum alívio. Naquele ano alguns países africanos tinham sido excluídos dos Jogos sob acusação de racismo.

O CONVITE

Na frente da escola, Diego buscava dentro da pasta um caderno que Marcelino tinha lhe pedido.

— Olha o cabeludo de novo — disse Marcelino.

Diego levantou a cabeça e viu Dave do outro lado da rua, acompanhado de uma garota. Abandonou tudo e correu a seu encontro. Dave o abraçou.

— Essa é a Cory.

— Oi! — cumprimentou Cory.

Diego apertou a mão dela, corando. Dave enlaçou seu braço no dele.

— Vem, preciso falar com você...

Foram até o pequeno parque perto da escola. Diego e Cory se sentaram num banco, e Dave, na grama, com as pernas cruzadas diante deles.

— Como você está?

Diego fez só um aceno com a cabeça. Estava alerta, temia outra decepção.

Dave mexia nervosamente um pé.

— O que acha de a gente acompanhar juntos as semifinais dos duzentos metros amanhã?

— Você vem em casa pra ver na tevê?

Dave soltou uma de suas sonoras gargalhadas, fazendo tremular até folhas de árvore.

— Eu? Na sua casa? Pirou de vez?! Para ser massacrado pelo general?

Diego baixou a cabeça, sentindo-se idiota, e Cory lançou um olhar de repreensão para Dave.

— Desculpa, Diego. O que eu queria dizer é que tive uma ideia genial, aliás, duas: te convidar pra ver

com a gente as semifinais na tevê e, quarta-feira, ir ao estádio comigo para a final! Tenho dois ingressos. O que me diz, *bro*, topa?

Diego ficou de pé num salto e quase se pôs a dançar.

— Claro que topo! — gritou. No entanto, logo uma sombra escureceu seu sorriso, e ele voltou a se sentar. — Mas não sei se meu pai...

— Aquele careta! Nem mesmo os Jogos Olímpicos ele curte?

Diego franziu a testa. "Careta?"

— À tarde eu preciso estudar...

— Ei, cara, quem diz isso é seu pai ou é você? Vai ficar preso em casa fazendo as tarefas em vez de assistir às semifinais comigo? Vamos, bicho, saco-de a preguiça mental! Convence seu pai ou então inventa uma desculpa para sair. Você já é grande, pode fazer isso! Vamos estar juntos como nos velhos tempos!

Diego continuou a fitá-lo. "Preguiça mental? Pode fazer isso? Cara? Bicho?"

— Tenta convencer ele, *ok*? — Dave lhe estendeu a palma da mão aberta. — *Ok*? — repetiu.

"Você já é grande, pode fazer isso..."

— *Ok*. —Diego se levantou, batendo sua mão na de Dave.

— Ótimo, *bro*! E olha... — Dave engoliu em seco.

Era o momento de enfrentar a parte mais delicada da conversa.

UMA CONVERSA DIFÍCIL

Lançou um olhar para Cory, que, disfarçadamente, levantou o polegar para lhe dar coragem.

— Olha, Diego, tem uma coisa que ainda não falei pra você... Uma coisa especial que me diz respeito e... bem... também diz respeito a você, em certo sentido... Eu não vim à Cidade do México só pra ver nossos colegas correrem. Eu sou... quer dizer, nós somos apoiadores do Projeto Olímpico pelos Direitos Humanos. Sabe o que é?

Diego balançou a cabeça. Dave lhe mostrou um bóton com um emblema e Diego notou que a amiga dele tinha um igual preso na jaqueta *jeans*.

— É o movimento dos atletas negros da Universidade Estadual de San José. Foi na nossa universidade que começou o Projeto Olímpico pelos Direitos Humanos ... — Fez uma pausa. — Você sabe que tá acontecendo um protesto contra esses Jogos Olímpicos, né?

Diego de novo balançou a cabeça.

— Mas pelo menos sabe o que são direitos humanos?

Diego olhou para ele perplexo, piscando muito.

— E que o mundo tá cheio de injustiça social, sabe disso? — A voz tinha começado a subir de tom.

CAPÍTULO 2

Diego o fitou com olhar vazio. Dave agitou os braços na direção dele com um gesto de impaciência.

— Mas você não é mais um moleque, caramba! Não pode estar assim tão alienado do que acontece! — gritou.

Diego se encolheu contra o assento do banco. Cory raspou a garganta.

— Desculpa, eu não queria te assustar, estou nervoso, esses dias têm sido cansativos... Depois das semifinais vai ter uma assembleia, muitos atletas vão participar, eu e a Cory também, talvez até o Tommie e o John! Ei, por que você não vem com a gente? Assim vai entender o que está acontecendo. Você vem? Uma horinha, se muito, não vai voltar tarde pra casa... antes do seu pai, sem dúvida! — Levantou-se e lhe deu um aperto forte no ombro. — Combinado então: me encontra no furgão no acampamento perto da Vila Olímpica. As semifinais começam às três. Quer que a gente te acompanhe até em casa, *bro*?

Diego ficou mudo. Sua cabeça rodava.

— Ei, alguém te enfeitiçou? Quer ou não quer que a gente te acompanhe até em casa? — Dave sacudiu os ombros dele com mais força.

— Ah... não! Preciso passar na casa de um colega pra pegar um livro.

— *Ok*, então até amanhã! Vamos, Cory?

Cory se levantou do banco e o seguiu enquanto ele se afastava. Quando ficaram distantes de Diego, ela lhe sussurrou, irônica:

— Em vez de chorar no ombro dele, você quase destroncou o garoto! Duvido que ele vá...

Dave parecia abatido.

— Não consegui ter aquela conversa com ele. Você viu como ele olhava pra mim?

— Você fez o melhor que pôde, não era fácil — disse ela, com uma voz doce que parecia acariciá-lo.

Num instante ele recuperou seu jeito convencido.

— Com certeza ele vai, ninguém consegue resistir ao meu charme! — e passou o braço em torno da cintura dela com ar descontraído.

— Um metido, sei! — Cory sacudiu a cabeça, sorrindo.

Quando os viu desaparecer no final da alameda do parque, Diego se pôs a caminho de casa. Não tinha de encontrar colega nenhum, era só uma desculpa para ficar sozinho.

Ele se sentia estranho... meio feliz, meio assustado e quase entrando em parafuso. Dos tais direitos não tinha entendido nada, só lhe importava o irmão. No entanto, Dave e seu pai estavam em guerra, lan-

CAPÍTULO 2

çavam um contra o outro bombas de palavras que ecoavam dentro dele...

"Dave é um vagabundo!"

"Seu pai é um careta!"

"Dave é..."

"Seu pai é..."

Não havia como deixar de se sentir muito magoado. E não era só isso. O tempo todo tinha experimentado a sensação de que alguém o espiava por trás das árvores. Mesmo agora, enquanto caminhava no rumo de casa, de ombros caídos, com a pasta na mão balançando para a frente e para trás, tinha a impressão de estar sendo seguido e olhava sem parar ao redor.

Porém, provavelmente, o que não tirava o olho dele era algo que tinha por dentro. "E agora, como vou explicar tudo isso ao meu pai?"

Sonhos e vigílias

Naquela noite não teve coragem de contar ao pai sobre o convite de Dave.

Tentou várias vezes durante o jantar, mas não conseguiu. Discutir com o pai o deixava muito mal.

"Um vagabundo... Fique longe dele...", tinha lhe dito ele na véspera. Sem dúvida não lhe daria permissão e o faria se sentir um nada.

"Sou um covarde?", perguntou-se.

Sim, era um covarde... e indigno de Dave. Ele, sim, enfrentava sem medo qualquer situação!

Foi dormir exausto com aquele pensamento.

O pai lhe apareceu em sonho, com o queixo tremulante.

"Você tem que estudar!"

Fernando também chegou.

"Esses pretos são os cavalos de corrida dos brancos!"

"Racista!", gritou Marcelino atrás dele.

Em seguida, no sonho, o pai lhe disse: "O Dave tem outra coisa na cabeça. Não se importa nada com você!", e essas palavras o acordaram.

Acendeu a luz e pôs os óculos. Olhou para a foto da mãe. Tinha vontade de chorar, mas naquela casa era proibido. "Um homem nunca chora!", dizia sempre o pai. Reprimiu as lágrimas.

— O Dave não veio à Cidade do México por minha causa! Se não tivesse passado na frente da escola, a gente nem sequer teria se encontrado! Me convidou pro acampamento só porque me viu triste. Fez isso por pena, mãe! Porque sou um frouxo, um idiota! — disse à fotografia.

Apagou a luz do quarto e mergulhou no escuro. Virou para o lado, tentando dormir, mas a raiva ficou remoendo rancores a noite toda.

CAPÍTULO 2

"Me deixou aqui sozinho... foi embora pra Califórnia... nunca mais deu notícia... só três cartões-postais inúteis... Agora voltou e se comporta como se nada tivesse acontecido..."

De manhã se sentiu cansado e dolorido, como se tivesse levado uma surra. Não tinha vontade de ir à escola, queria ficar trancado dentro do quarto, sozinho. Continuou deitado mesmo quando o pai gritou do banheiro:

— Levanta, preguiçoso, é tarde!

Com os olhos semiabertos, espiou o despertador que tiquetaqueava sobre a mesa de cabeceira ao lado da fotografia. Foi então que sua mãe inesperadamente lhe falou: "Coragem, levanta!".

Diego esfregou os olhos e fitou a mulher que admirava o mar.

— Mãe!...

Como desejava que ela estivesse ali de verdade! De repente lhe voltou à lembrança uma frase que ela sempre repetia: "Quando se fecha uma porta, abrem-se outras".

Então se levantou e se preparou para ir à escola. No entanto, ainda estava atordoado por aquela noite estranha e calçou os pés dos sapatos ao contrário. Só se deu conta disso na escada, correndo o risco de cair.

MEX 68

CAPÍTULO
3

15 de outubro
As semifinais

A ATENÇÃO

— A Península da Baixa Califórnia é uma formação geográfica que... — explicava a professora diante do grande mapa do México preso à parede.

Diego olhava para fora da janela. Ir ou não encontrar Dave? Mentir ou não ao pai?

Estava em plena luta consigo mesmo e roía o lápis sem parar, em busca de uma resposta que não vinha.

Como reagiria seu pai se descobrisse que tinha ido ver Dave sem a permissão dele?

Não o deixaria ver televisão por um mês... e por que motivo, afinal? Então, a dúvida trazida pelo

sonho se insinuou: Dave não ligava a mínima para ele e só tinha feito o convite por piedade?

— Diego! — chamou a professora.

Assustou-se.

— Presente!

Uma risadinha percorreu a sala.

— Já fiz a chamada, Diego. Quer se levantar e repetir o que eu acabei de explicar?

— A Califórnia… — disse ele. — A Califórnia é…

Os colegas agora riam abertamente.

— Traga aqui sua agenda!

"Só me faltava essa!", pensou, aproximando-se da mesa da professora. Naquele momento a campainha anunciou o intervalo. Quando deixou a sala, tinha um bilhete para o pai escrito na agenda.

Ter uma opinião

— Sabem qual é a dança preferida do chimpanzé? O orangotango! E por que a água foi para a cadeia? Porque matou a sede!

No pátio, Marcelino disparava uma piada atrás da outra, rodeado dos colegas, que riam. Sem se importar com eles, Diego foi se sentar num banco vazio, desembrulhou um sanduíche e deu uma mordida nele.

— Ei, você! — Fernando parou a sua frente. — A gente te viu ontem com aquele gringo e a garo-

ta dele. Vão te expulsar da escola: os cabeludos são subversivos e os pretos são ladrões!

Diego ficou com o pedaço do sanduíche engasgado, sem saber o que dizer, mas, ao levantar os olhos, viu Marcelino avançando na direção deles.

— Cala essa boca, Fernando, e deixa o Diego em paz!

— Volta pra lá, vai contar suas piadas, quem chamou você aqui?

Marcelino ficou a um palmo dele, mal lhe chegando à altura do peito.

— Você é metido a valentão, Fernando, mas não me assusta!

Fernando caiu na risada.

— Olha só o micróbio! Se ficarem se metendo com os *hippies*, você e esse aí vão ser punidos! — e pisou num pé de Marcelino.

— Canalha! — Marcelino deu um pulo. — Vai me pagar!

Estavam para sair no braço, mas por sorte o bedel interveio e de novo a discussão ficou por isso mesmo. Fernando se afastou para se juntar aos amigos, e Marcelino se sentou ao lado de Diego, que sentia o sangue explodir nas orelhas.

— Os sapatos do colégio! Minha mãe vai ficar uma fera!

Permaneceram calados, um limpando a sujeira dos sapatos com a mão, o outro se acalmando.

Diego rompeu o silêncio quando as orelhas voltaram à cor normal:

— Obrigado por me defender.

— Não liga pro Fernando, ele não sabe o que diz. Já meus sapatos...

— E você sabe?

— O quê?

— O que significa *hippie*?

Marcelino coçou a cabeça.

— São os estudantes que protestam, os cabeludos.

— E sabe por que ele fala mal dos negros?

— Porque acha que é superior a eles: um racista, nada mais, nada menos.

"O Marcelino sabe de muitas outras coisas além de piadas", pensou Diego.

— O Fernando também é um imbecil. Repete feito um papagaio as falas do pai e do irmão mais velho.

— Ele tem um irmão? — Diego ficou curioso.

— Um completo racista! O Fernando imita o irmão em tudo... Escuta, por que você não vai lá em casa hoje pra gente ver as semifinais dos duzentos metros? Depois fazemos as tarefas juntos e quem sabe você me explica a última aula de álgebra,

porque não entendi nada. Ei, sabe de que cor é o peixe-elétrico?

Diego balançou a cabeça.

— Rosa-choque.

— Boa! Sobre o convite, obrigado, mas não posso... tenho um compromisso.

— Com o cabeludo?

Diego baixou os olhos.

— Acertei, né? Mas quem é ele, um amigo seu?

— É meu irmão, quer dizer, quase. É filho da ex--mulher do meu pai. Estuda na Universidade Estadual de San José e apoia o Projeto Olímpico pelos  Direitos Humanos — disse com orgulho, surpreendendo-se por ter feito a revelação.

Marcelino naturalmente sabia o que era aquele movimento.

— Como é que você sabe de tanta coisa? — Diego estava curioso.

— Aprendo com meu pai e minha mãe. Eles conversam muito sobre justiça e direitos. Seus pais não falam desses assuntos?

— Perdi minha mãe faz tempo.

Marcelino ficou calado. Em seguida perguntou:

— Sente falta dela?

— Sinto, mas tento não pensar nisso...

De repente, porém, Diego se lembrou das palavras

da mãe ouvidas pela manhã e contou tudo a Marcelino sobre a assembleia daquela tarde; sabia que ela ficaria contente com isso.

Não era fácil deixar Marcelino de boca aberta, mas ele conseguiu. Contou-lhe também do convite para as finais.

— Talvez eu vá também. Meu pai está tentando comprar os ingressos. Ei, por que não vamos juntos?

Diego balançou a cabeça. Não queria dividir a companhia do irmão com ninguém.

— Mas amanhã você me conta como foi a assembleia, porque você vai, né?

Diego assentiu: sim, iria, e percebeu que a resposta que tanto vinha buscando tinha chegado por conta própria.

— E tem mais... sabe como fica a lata de tinta quando a tinta acaba?

— Como?

— Extinta.

Diego riu. Fazia tempo que não achava graça em nada. Marcelino também riu.

Não notaram que Fernando e os amigos não tiravam os olhos deles.

As semifinais

O pai não voltou para o almoço, e Diego adiou com alívio o momento em que deveria fazê-lo assinar o bilhete.

CAPÍTULO 3

Tirou o uniforme da escola e fez todas as tarefas. Em seguida, antes de sair, deteve-se para olhar a fotografia da mãe sobre a mesinha de cabeceira. "Amarre os óculos quando estiver de bicicleta!", disse-lhe ela.

Diego fechou a casa a chave e desceu para apanhar a bicicleta, sem se esquecer do cordão para os óculos.

Pedalou rumo ao acampamento. Nunca tinha estado lá, mas sabia onde ficava.

Locomover-se de bicicleta era mais fácil do que a pé, mas não estava acostumado a se deslocar por longas distâncias no meio do trânsito: carros, caminhões e ônibus zuniam a seu lado, e teve de prestar muita atenção para não ir parar debaixo deles.

No fim, isso nem foi tão ruim. A sombra da voz do pai lhe exigindo contar o que estava fazendo o perseguiu por um tempo, mas logo se perdeu com o ronco dos motores e as buzinas.

— Terceira rua à esquerda, setor vinte — indicou-lhe o vigia do acampamento.

Diego percorreu as vielas com curiosidade: quando saíam de férias, o pai reservava um hotel e nunca se alojaram num acampamento.

Barracas, furgões e *trailers* se espalhavam embaixo das árvores, de onde, entre um galho e outro, pendiam varais com roupas que balançavam ao vento quente.

Havia cheiro de comida, barulho de louças e talheres, gritos de crianças, rádios ligados...

"É um lugar alegre", pensou, sentindo-se à vontade. O acampamento estava abarrotado de jovens. A música saía das barracas, acompanhada de algumas vozes que cantavam.

Finalmente, Diego viu, cercado de mato, um furgão branco. Do lado de fora, pintadas com tinta vermelha, as palavras PAZ E AMOR, em letras grandes, flutuavam no meio de flores e espirais coloridas e, ao lado delas, um círculo dentro do qual estava desenhada a figura de uma pessoa, ao estilo boneco palito, sem cabeça e com braços para baixo. O furgão se agitava como um elefante com soluço e de dentro dele escapavam sons de música e vozes cantando.

Diego apoiou a bicicleta numa árvore, liberou os óculos do cordão, ajeitando-os bem sobre o nariz, e bateu na porta. Estava emocionado.

Foi Cory quem abriu.

— Ah, cara, você veio! — exclamou, estendendo-lhe a mão para subir. — Entra, o Dave tá te esperando! Eu vou buscar uns comes e bebes — e se foi.

Diego abriu caminho dentro do carro em meio a uma nuvem de fumaça. O espaço era mesmo pequeno, mas transformado em quarto, e tinha até cortinas presas às janelas laterais.

CAPÍTULO 3

Estava lotado de jovens. Quando ele entrou, todos se viraram.

— Oi — disse ele, a meia-voz.

Dois rapazes, sentados lado a lado em uma cama dobrável, pararam de cantar.

— Oi, *bro*!

Bob, sentado no chão a dedilhar o violão, fez um aceno.

— Oi, cara!

A garota que teclava numa máquina de escrever sorriu para ele.

— Fala aí, bicho!

Por todo o chão se espalhavam livros, panfletos, garrafas vazias, copos sujos.

Nas paredes estavam presos dois pôsteres. Um deles mostrava o homem negro que ele tinha visto nos cartazes dos manifestantes na televisão; o outro, um branco com franja loira e sorriso largo e PEACE AND LOVE escrito com tinta vermelha.

O coração de Diego batia forte. "Se meu pai visse tudo isso…"

— Ei, *bro*, até que enfim você chegou!

Dave abandonou o pequeno televisor em que estava mexendo e o abraçou.

— Tô muito feliz por você ter vindo! Vem, senta aqui com a gente! Bob, esse é meu irmão Diego! Ei,

Sue, esse é meu irmão! Tom, chega pra lá e abre espaço pro meu irmão!

O jovem que estava sentado sobre a cama dobrável deslizou para o chão e Diego tomou o lugar dele. Estava agitado com a música, a bagunça, os rapazes que cantavam e Dave apresentando-o com orgulho aos amigos.

Notou que todos ali dentro se tratavam por *bro, brother*, irmão, cara ou bicho... O que queriam dizer?

— Gente, estamos quase lá! — gritou Dave.

Ele regulava a antena do televisor. Pouco a pouco, a imagem na tela se definiu, delineando a pista do estádio olímpico e os atletas que se preparavam nos blocos de partida.

— Força, Tommie! Vai, John!

Cory entrou naquele instante, carregada de bebidas e pipoca.

— Em que ponto está?

— *Shhhh...* — fizeram todos, pedindo silêncio.

Ela buscou espaço para sentar.

— Chega pro lado, cara!

Diego ficou constrangido: Cory estava tão colada nele que podia sentir as costelas dela... e o resto. Dentro dele era uma enorme confusão, mas naquele momento se ouviu o tiro de largada e os pensamentos se fixaram na prova.

CAPÍTULO 3

A câmera enquadrou o grupo de atletas em disputa, depois se concentrou em Tommie Smith, que corria feito um guepardo e deixava todos para trás. Eram um espetáculo aquelas pernas longas cavalgando o ar. Diego ficou enfeitiçado.

— Tommie! Tommie! — gritavam.

Em poucos segundos ele já havia cruzado a chegada em primeiro lugar.

O furgão explodiu em euforia. Todos se abraçavam, enquanto o carro chacoalhava. Cory lhe estendeu um braço, puxou-o e o apertou. Diego perdeu o fôlego. Em seguida, ela o largou e abraçou Dave. Diego viu os dois darem um selinho!

Depois, ela e Bob. Bob e a garota que estava na máquina de escrever… Um a um, todos comemoraram do mesmo jeito.

A cabeça de Diego girava. Voltou a se sentar.

O AMOR E O RESTO – 1

Meia hora depois o furgão estava vazio.

— Vou preparar a assembleia. Você vai depois com a Cory — tinha lhe dito Dave, e com ele todos haviam partido, como um ciclone deslocando-se para longe.

Cory recolhia do chão as garrafas, os papéis e tudo o mais, resmungando:

— Sempre a mesma coisa, não fica ninguém pra me ajudar.

— Eu te ajudo! — ofereceu-se Diego.

Cory cantarolava:

— *The answer, my friend, is blowin' in the wind...*

Diego apanhou o violão e o encostou ao lado do símbolo circular com a figura de uma pessoa, ao estilo boneco palito, sem cabeça e com braços para baixo dentro dela.

— Cory — criou coragem —, o que significa isso?

— *Peace and love*, paz e amor! Paz e amor universal, melhor dizendo — explicou ela.

— Ah... e por que vocês dizem *bro*?

— Quer dizer "irmão", vem da palavra *brother*, em inglês. — Ela voltou a cantarolar com os lábios semicerrados e em seguida disse: — Eu nasci no Alabama, tenho sete irmãos, quando menina frequentava a escola de manhã e de tarde trabalhava de doméstica na casa de uma mulher branca. Consegui entrar na Universidade Estadual de San José com uma bolsa de estudos. No Sul, isso era proibido para pessoas como eu. — Ergueu o olhar para Diego. — Eu tenho um sonho: me tornar professora! Ensinar os garotos negros a serem irmãos dos brancos e os garotos brancos a serem irmãos dos negros...

"Irmãos...", pensou Diego. Apontou para o homem no pôster.

— Quem é esse?

— Martin Luther King. — O olhar de Cory ficou triste. — Era o líder do movimento pelos direitos dos negros. "Eu tenho um sonho", ele dizia. Foi assassinado em abril passado, mas seu sonho vive em todos nós.

— Negros e brancos?

— Negros e brancos, homens e mulheres! Somos todos iguais, ele dizia, todos irmãos!

— E o homem branco, quem é?

— Bob Kennedy! Era irmão de John Kennedy, o presidente dos Estados Unidos assassinado alguns anos atrás. Bob também queria se tornar presidente, mas foi morto em junho. Queria transformar o país, queria que fosse uma terra justa. Tem sido um ano terrível para nós!

A palavra *irmãos* ecoava sem parar em torno de Diego. Parecia lhe servir de bússola no meio de todas aquelas novidades.

— Agora precisamos nos juntar aos outros — disse Cory, agarrando uma bolsa de pano colorido e pendurando-a no ombro. — Falta pouco pra começar a assembleia.

O AMOR E O RESTO – 2

Diego empurrava a bicicleta, e Cory caminhava ao lado dele.

— A gente vai se reunir num ginásio perto da universidade, não fica longe.

— Um ginásio?

— Depois do que aconteceu, não é fácil achar lugar.

— O que aconteceu?

— A polícia ocupou o *campus* no mês passado, os estudantes protestaram, mas o presidente mandou o exército reprimir o protesto.

— Ah!…

Foi tudo o que Diego conseguiu dizer. As informações se empilhavam uma sobre a outra dentro de sua cabeça como folhas de papel numa escrivaninha.

Cory caminhava cantarolando aquela canção sobre o vento. Diego queria entender. Era fácil falar com ela, mais fácil do que com Dave. Ela não se importava que ele não soubesse muita coisa.

— Mas, Cory, o que é que vocês, estudantes, querem?

Ela o fitou com seus profundos olhos escuros.

— Queremos expressar nossas opiniões, ter liberdade para sermos nós mesmos e fazermos o que nos der vontade. Todos, sem diferença. Paz e amor, isso é o que queremos!

CAPÍTULO 3

— Ah!...

— Nós protestamos porque não concordamos com o que vemos, e queremos que todos saibam. Queremos mudar o mundo! E vamos conseguir!

— Como vão fazer isso?

— Paz e amor, *bro*! Vamos lutar por um mundo de amor! Sem guerras, sem injustiças!

— E quando isso vai acontecer? — O interesse de Diego era cada vez maior.

Cory cantou:

— *The answer, my friend, is blowin' in the wind...* Conhece essa música?

Claro que ele não conhecia.

— Todos os que estão buscando respostas cantam essa música! Cada um busca sua resposta e juntos vamos encontrar a paz!

"Todos os que estão buscando respostas...", repetiu Diego para si.

Era fácil conversar com Cory! Não que ele entendesse tudo, mas ouvi-la o fazia se sentir bem. Durante a caminhada, ele a observava de canto de olho.

Era maravilhosa! Tinha uma pele linda, cílios longos. Toda delicada, andava como se desse passos de dança.

Diego empurrava a bicicleta e, enquanto observava Cory, tropeçou no meio-fio. Endireitou-se depressa.

Ainda tinha uma pergunta a fazer. Engoliu em seco.

— Cory...

Ela se virou. Diego ajeitou os óculos no alto do nariz.

— Cory... você e o Dave... quer dizer, você e o Bob... então... vocês dois... vocês três...

Cory caiu na gargalhada, dobrando-se de leve para a frente. Tinha um sorriso lindo.

— O que você quer perguntar? Vai, fala!

— Bem... quer dizer... então... você mora com o Dave e o Bob no furgão, certo? Enfim, você é namorada do Dave ou do Bob? Não pode ser namorada dos dois, né?

— *Namorada*, que palavra velha! Não tenho compromisso com nenhum dos dois, se é o que você quer saber!

— Mas então por que... por que...

— Por que vivemos juntos? Porque somos amigos! Não faz essa cara, garoto! Parece um velho conservador! Eu não estou com nenhum e estou com todos! O amor é livre! Isso te incomoda? Relaxa, cara! Nós somos amigos! Aqui somos todos amigos. Amizade também é amor. Você tem amigos?

Diego corou. Tinha vergonha de responder que não. Logo lhe veio à mente Marcelino. Não era bem um amigo...

— Talvez um.

CAPÍTULO 3

— Como assim *talvez*?

Contou a ela o que tinha acontecido na escola.

— Você gostaria de aprofundar essa amizade?

— Talvez.

— Ia gostar de ir com ele ver a final dos duzentos metros?

— Não sei…

— Vai, diz logo o que está pensando!

— Prefiro ir com o Dave…

— Não tá mais com raiva dele?

Diego baixou o olhar.

— Ontem estava, depois passou… um pouco.

— Tranquilo, tá tudo bem! Não é possível amar sem ficar um pouco com raiva.

Diego arregalou os olhos.

— É mesmo?

Ela não respondeu. Em vez disso, Cory o abraçou, deu um beijo nele e disse:

— Chega de conversa sobre o amor! Agora vamos, Diego, senão perdemos o início da assembleia!

Enquanto Cory seguia adiante, Diego ficou plantado na calçada feito um semáforo, as mãos no guidão da bicicleta, vermelho como um tomate, os óculos deslizando fatalmente.

Cory tinha lhe dado um beijo.

Todo o sangue de seu corpo ferveu como se ga-

nhasse vida naquele momento. Sentiu-o correr como um rio na enchente e o coração dançar feito louco!

O mundo daqueles jovens era incrível!

A ASSEMBLEIA

Entraram num ginásio antigo, perto da universidade. Cerca de cem jovens lotavam o espaço, sentados na arquibancada ou no chão ou encostados nas paredes. Muitos eram negros e usavam no peito o bóton do Projeto Olímpico pelos Direitos Humanos, mas havia também vários brancos simpatizantes. Alguns vestiam o uniforme de suas equipes, outros eram apenas estudantes.

A assembleia já havia começado. Cory levou Diego até Dave, que estava diante da mesa colocada debaixo de uma cesta de basquete, onde se achavam os organizadores do Projeto, todos negros.

Diego buscou o olhar de Dave, que sorriu de volta, fazendo-lhe um gesto com o polegar: "Tudo bem?".

"Tudo bem", respondeu Diego com o dedão levantado. Dave piscou um olho indicando Cory e ele respondeu do mesmo jeito. Os dois se entendiam fácil, fácil!

— Irmãos, para que participar dos Jogos Olímpicos, ser carregado em triunfo por cinco minutos e depois rastejar pelo resto da vida quando voltar

para casa? — disse um jovem negro sentado à mesa, e Diego pensou ter reconhecido um velocista que tinha visto correr na televisão.

Uma garota da plateia gritou:

— Nós somos gente também, sempre fomos!

Outra, que tinha os cabelos presos por uma faixa na testa, ficou de pé e exclamou, gesticulando:

— Nós, atletas, temos que apoiar a luta dos nossos irmãos do movimento pelos direitos humanos! Faz meses que eles protestam pelas ruas dos Estados Unidos contra a discriminação racial! Nós também sofremos discriminação quando estamos fora das pistas!

A assembleia se inflamou, e muitos também começaram a gritar.

— Não existe liberdade nos Estados Unidos! O mundo precisa saber! — bradou um rapaz ao fundo.

— Até hoje é a terra dos escravos! Não podemos estudar porque os negros são proibidos de entrar nos colégios e nas universidades!

— Levamos uma vida de gente inferior!

— No Sul, não podemos entrar nos bares dos brancos porque nos expulsam a pauladas!

— Somos proibidos de andar nos ônibus dos brancos!

— E de sentar nos teatros e nos cinemas deles!

— Usam a gente pra fazer o serviço sujo deles! Não estamos seguros nem mesmo nos nossos bairros!

Diego suava. O clima no ginásio era sufocante, e dentro dele também.

O organizador do Projeto interveio:

— Vocês têm razão, *brothers*! Mas não basta dizer isso entre nós! Temos que fazer o mundo todo saber! E há melhor momento do que durante os Jogos Olímpicos? Vão ser centenas de jornalistas e de câmeras apontadas para as competições, milhões de pessoas vão nos ver! O doutor King também gostaria de estar aqui para protestar com a gente, mas foi assassinado!

À menção de Martin Luther King, a plateia aplaudiu, gritou frases em sua homenagem.

Diego reconheceu o nome e lembrou: "Eu tenho um sonho...".

Aquele nome era como um anzol que o puxava para um mar profundo e desconhecido.

Acompanhou a discussão observando cada coisa como se junto com ela *tudo* nascesse naquele momento. Sentia-se como um marciano recém-chegado a um planeta jamais visitado.

Uma garota de cabelos pintados de vermelho se levantou.

— Eu não posso me esquecer daquilo que os bran-

cos fazem todo dia com meus irmãos negros. E vocês, vocês se esqueceram? — perguntou, dirigindo-se à plateia.

— Não!

— Não!

— Vamos mostrar então!

— Vamos queimar o estádio!

— Vamos queimar a Vila Olímpica!

— Vivam os Panteras Negras!

— Vamos acabar com esses Jogos!

— Isso, vamos boicotar os Jogos Olímpicos! Não vamos comparecer às competições!

A plateia tinha se incendiado novamente. De todo canto se levantavam vozes. Gente aplaudia, gente assobiava.

Foi então que Cory se ergueu.

— Irmãos! Escutem!

As vozes se sobrepunham.

— Escutem, por favor!

Dave também ficou de pé.

— Calados! Silêncio! Deixem ela falar! — gritou.

A calma voltou. Cory disse:

— Não devemos responder à violência com violência! Temos que ser diferentes daqueles que nos discriminam e nos matam! Temos que ser contra a violência! Nós também somos combatentes, mas

com uma só arma: o amor! Vamos usar a voz da paz. O mundo entenderá nossas exigências e nos acompanhará em nossa luta!

— É isso aí! — exclamaram alguns. — A violência não é o caminho certo!

— Nós, do Projeto, respeitamos os Panteras Negras, mas não compartilhamos de suas opções — confirmou o representante à mesa.

— Viva Gandhi! — gritou um rapaz trepado na cesta de basquete.

— Viva a política da paz!

ESPORTE E POLÍTICA

Uma jovem perto de Diego começou a chorar.

— O Comitê Olímpico vai expulsar qualquer um que fizer política! Como é que ficamos então? Há anos que me preparo, que trabalho para pagar os estudos, que fico horas na pista até de noite para treinar e participar desses Jogos, e agora que estou aqui vou ter que jogar tudo isso fora por... por...

Era duro de ouvir.

Muitos dos atletas presentes concordaram.

— O treinador ameaçou: se aderirmos ao Projeto, estamos fora dos Jogos! — declarou um rapaz branco, alto e magro com sotaque italiano.

— Temos que fazer esse sacrifício para recuperar

nossa dignidade! — rebelou-se uma jovem negra. — Não existe esporte descolado da sociedade! Quem defende isso é mentiroso, é hipócrita! Estamos mergulhados no mundo e na política!

Dave completou:

— Isso mesmo! O esporte também é vida! E não se pode ignorar a vida! Não podemos ficar cada um preso no seu mundinho, achando que o que está fora não nos diz respeito. Nosso mundinho está dentro de um mundo maior, que nos abarca. Não podemos ficar só olhando! Temos que nos importar com o mundo de fora e o mundo de dentro!

Diego foi arrebatado por aquela fala. Não era atleta, tinha os pés chatos e quando corria parecia um camelo, mas de repente se sentiu incluído na discussão.

Dave se virou e lhe perguntou se concordava, e ele respondeu que sim. Seu irmão não o tratava mais como um menininho infeliz, e Diego ficou orgulhoso. Logo se perguntou o que seria dos Jogos Olímpicos depois daquela assembleia.

A confusão era geral: alguns se levantavam e iam embora, outros protestavam gritando com o punho erguido.

Da mesa, um dos organizadores do Projeto pôs fim à discussão:

— O Projeto decidiu: não haverá boicote nas competições!

Ouviu-se um murmúrio entre os presentes.

— Silêncio! Silêncio!

— Calados, vamos ouvir!

— Cada atleta escolherá a atitude que quiser assumir. Cada um ficará livre para demonstrar, a seu modo, sua solidariedade com o povo negro e denunciar a grande contradição que há nos Estados Unidos!

Gritos de aprovação.

— Apoiado!

— Muito bem! Faremos assim!

E pouco depois a assembleia se dissolveu.

Os campeões

Foi o momento de ir embora. Uns se abraçaram, outros se despediram, outros saíram de fininho.

Quando se virou para a porta, Diego sentiu o coração disparar: Tommie Smith e John Carlos estavam entrando no ginásio! Pareciam gigantes, de tão altos!

Pararam para conversar com um dos organizadores. Moviam no ar suas longas mãos, sacudiam a cabeça.

Dave o puxou pela camisa.

— Reconheceu os dois? Amanhã é a vez deles!

— Vão fazer o quê?

— Vencer!

— Não, eu perguntei... vão fazer o que pelo... pelo...

— Ah, pelo Projeto, você quer dizer? Ninguém sabe. Cada um está livre para se comportar como quiser... Mas, se bem conheço esses dois — Dave os observava afastar-se entre os tapinhas nas costas que recebiam dos amigos —, devem estar preparando alguma coisa pra deixar o mundo de boca aberta. Você vai ver! — disse, animado.

— Vai acontecer alguma coisa, alguma coisa que a gente ainda não sabe, mas vai acontecer! — repetiu Cory. Ela, porém, estava preocupada.

Todos sabiam que algo estava prestes a acontecer, mas ninguém sabia o quê.

Diego se sentiu de novo inseguro... Apesar disso, também experimentava uma sensação nova que lhe fazia bem.

— Vai ficar com a gente amanhã, Diego?

Ele confirmou, sentindo-se forte. Dave e Cory não o viam como criança.

— Então, combinado: às três horas na Praça das Três Culturas! Vai nessa, irmãozinho, você foi o máximo!

Diego subiu na bicicleta. Dave lhe deu um impulso, e ele sentiu como se pudesse cavalgar o vento.

O vento, no entanto, não o levou direto para casa.

A PERSEGUIÇÃO

Diego precisava buscar uma coisa que não podia adiar.

Faltava pelo menos uma hora para seu pai voltar para casa, e resolveu aproveitar esse tempo.

Havia trânsito, mas com a bicicleta conseguiu ultrapassar pela direita os carros em fila, um pouco pedalando, um pouco empurrando com os pés. Estava ofegante e suava.

Sua meta não estava longe.

Pedalava concentrado, os óculos bem ajeitados no nariz, presos em volta do pescoço com o cordão, porém logo foi de novo tomado por uma sensação desagradável, invasiva, a mesma que o havia surpreendido no parque na véspera.

Não tinha dúvida: alguém o estava seguindo.

Diminuiu o ritmo, virou-se de súbito, mas não viu nada diferente do trânsito: carros, motos, semáforos, gente a pé nas calçadas, ronco de motores, buzinas... Ainda assim...

Voltou a pedalar, cauteloso.

De repente avistou o perseguidor refletido numa vitrine. Era um tipo baixo, de boné vermelho com a aba cobrindo os olhos. Pedalava atrás dele de cabeça baixa.

Diego desacelerou e o outro fez o mesmo. Estacionou na calçada e o sujeito misterioso o imitou.

CAPÍTULO 3

Quem era? O que queria?

Criou coragem, agarrou firme o guidão e deu uma pedalada, ultrapassando um carro.

O perseguidor não se abalou. Diego percebia a presença dele como uma sombra, como alguém de quem não seria fácil se livrar.

Virou-se novamente, mas perdeu o equilíbrio, caindo no chão e quase se chocando com um ciclista.

— Ei, presta atenção!

— Desculpa!

Subiu na calçada e viu com o canto do olho que o desconhecido fazia o mesmo.

Então começou a pedalar mais rápido, o coração acelerando ao ritmo dos pés, os óculos saltitando sobre o nariz.

Subia e descia da calçada, ultrapassava os carros pela direita e perigosamente pela esquerda. Nunca tinha feito isso na vida. Se o pai visse aquilo, jamais o deixaria usar a bicicleta outra vez!

De repente apareceu um beco... Diego torceu o guidão à direita a toda a velocidade de que era capaz e desapareceu lá dentro.

Quando se virou, viu o perseguidor passar reto em disparada.

Que alívio! Tomou fôlego finalmente e, saindo do beco, retomou seu caminho.

Ao chegar diante da biblioteca, avistou o desconhecido encostando a bicicleta num poste. Tirou o boné, virou-se, encarou Diego, sorriu para ele e subiu a escadaria.

A BIBLIOTECA

A bibliotecária pegou um livro da prateleira e o entregou a Diego.

— Aqui você vai encontrar o que está procurando — disse ela com um sorriso.

Diego se dirigiu às mesas. Não havia muita gente na biblioteca, só alguns estudantes, entre os quais o rapaz de boné vermelho, que nem sequer levantou a cabeça quando Diego passou por ele.

Era uma sala grande, repleta de estantes e perfumada de cola e de papel, de livros.

Diego ia lá às vezes para fazer as tarefas e sempre ficava impressionado ao pensar que em todos aqueles volumes estava contido o conhecimento humano.

Ali se sentia bem, também porque estava no meio dos outros e ao mesmo tempo sozinho consigo mesmo.

Precisava estar assim naquele momento.

Tinha de acalmar os pensamentos, colocá-los em ordem, abrir espaço para toda a novidade que se acumulara nos últimos três dias...

CAPÍTULO 3

Continuava a ter uma sensação estranha, e uma vontade não de todo consciente o estimulava a procurar, a saber mais. Estava no lugar exato para satisfazê-la e se sentia tão certo disso como um explorador que não sabe nada sobre o que vai descobrir.

Viu uma mesa vazia e se sentou na cadeira perto da janela, dando as costas para o resto da sala.

Começou a folhear o livro que a bibliotecária tinha dado a ele. Uma série de capítulos era dedicada ao doutor King.

"Martin Luther King, líder do movimento pelos direitos civis dos negros nos Estados Unidos...", leu para si.

O livro fazia referência a um discurso que ele havia feito em Washington em 1963 diante de milhares de pessoas e que tinha causado grande impacto na consciência de quem defendia os direitos humanos.

Uma intuição levou Diego a remontar àquele exato momento. Tinha certeza de que a chave para o que estava acontecendo a seu redor estava oculta naquele discurso.

Folheou febrilmente as últimas páginas, encontrou o índice e se pôs a percorrê-lo.

"O discurso de Washington", ali estava! Página cento e três...

"Em 28 de agosto de 1963, uma multidão de milhares de pessoas marchou pelas ruas de Washington..."

À medida que as palavras corriam sob seus olhos, a biblioteca ao redor desaparecia e, no lugar dela, surgiam as amplas avenidas arborizadas de Washington, com o grande monumento a Abraham Lincoln ao fundo.

Diego mergulhou naquela paisagem, e foi como se o tempo congelasse.

MEX 68

CAPÍTULO
4

15 de outubro
A decisão

O RETORNO

— A biblioteca está fechando! — avisou a bibliotecária, e Diego se assustou, voltando ao presente. Olhou para o relógio preso à parede: o tempo tinha voado e sem dúvida seu pai já havia chegado em casa.

Correu para fora, subiu na bicicleta e começou a pedalar. Dentro dele, ainda ecoavam as palavras do discurso de Martin Luther King, que ficaram saltando em sua cabeça, agarrando-se a cada pensamento seu.

Pedalava pelas ruas da Cidade do México, mas era como se tivesse estado ele também em Washington, naquele dia.

O discurso fantástico, num incrível salto no tempo e no espaço, mexeu tanto com ele quanto a assembleia no ginásio.

Aquelas palavras de Martin Luther King... Uma vez mais teve a sensação de que eram anzóis que o fisgavam, conduzindo-o para a profundeza do mar.

Liberdade... fraternidade... justiça...

Já havia ouvido essas palavras muitas vezes, sem se sentir envolvido por elas. Seria possível que um discurso pronunciado anos atrás num lugar muito distante de casa pudesse ter efeitos ainda agora, sobre um garoto como ele, que não era negro e que nunca tinha se interessado pela luta antirracista?

O fato é que não se sentia mais igual ao que era, e o mundo ao redor não parecia mais o mesmo.

Era como se tudo tivesse mudado.

Nem tudo, na verdade... Era sempre ele, Diego, os mesmos pés cambaleantes, as mesmas incertezas gerais. Era ele, só que diferente.

O que estava acontecendo?

Os pés giravam lentos sobre os pedais, em pequenos círculos, o vento quente lhe enxugava o suor da testa com seu sopro. Uma sensação de bem-estar parecia protegê-lo.

Fazia tanto tempo que não se sentia assim... desde o tempo dos carinhos da mãe.

CAPÍTULO 4

Emoções... não exatamente pensamentos.

Era como se uma brecha na indiferença tivesse se aberto e agora um vento quente o impelisse adiante. Isso é o que era.

Aquela sensação o dominou de repente, enquanto pedalava com todos os discursos daquele dia ainda ecoando em seus ouvidos.

Um trovão no céu não teria feito um barulho maior.

Prendeu a bicicleta no portão e subiu apressado os degraus de casa.

O pai o esperava diante da porta, com o relógio na mão e os olhos mais bravos que de costume. Diego percebeu que ele tinha o rosto cansado.

— Isso é hora de chegar? Onde é que você estava?

Diego estava com o livro na mão, tomado de empréstimo para reler o discurso em casa.

— Fui à biblioteca pra fazer um trabalho de História. Tenho apresentação na aula amanhã.

A desculpa funcionou, e o pai se sentou à mesa sem nenhuma outra reprimenda.

Enquanto mastigava com a cabeça inclinada sobre o prato, Diego pensou que nunca tinha dito tantas mentiras na vida, mas estranhamente já não se sentia culpado.

Outras questões com o pai, porém, ainda estavam em suspenso: o bilhete da professora para assinar, a

final com Dave…Continuaria a mentir? Ainda não sabia.

Tudo lhe aparecia diferente.

O TELEFONEMA

Aquela noite, durante o telejornal, falou-se dos Jogos Olímpicos.

— O governo mexicano garantiu que nenhum protesto impedirá a realização normal dos Jogos — anunciou o locutor.

O pai de Diego levantou a cabeça do jornal.

— Só falta mais essa! Fazer um papelão diante do mundo!

Foi entrevistado o presidente do Comitê Olímpico Internacional, Avery Brundage, um homem duro e sombrio, de olhar glacial.

— Os atletas que manifestarem opiniões políticas serão expulsos dos Jogos! A bandeira olímpica não pode ser manchada por interesses partidários! — disse ele.

— Muito bem! Ele defende os valores sagrados dos Jogos Olímpicos! — aprovou o pai de Diego.

Diego não disse nada. Dave havia lhe explicado que Brundage presidia o Comitê Olímpico dos Estados Unidos no tempo em que os Jogos aconteceram na Alemanha, quando Hitler estava no poder. Na época,

tinha sido muito condescendente com o ditador e sua propaganda. Foi o que Dave lhe contara.

O telefone tocou. O pai se dirigiu ao corredor para atender.

Diego se aproximou da televisão para observar melhor os atletas que tinham competido naquele dia. Muitas das medalhas foram conquistadas por negros. Tentava ver se entre eles estava algum dos que haviam falado na assembleia...

— Diego!

Teve um sobressalto.

— É pra você!

— Hein?

— No telefone! Um colega seu!

Seu pai estava espantado. Era a primeira vez que alguém ligava para ele.

O telefone ficava numa prateleira perto de uma foto de sua mãe, um retrato em primeiro plano.

— Oi, Diego, conhece aquela das duas bolinhas no deserto?

— Marcelino? Você me ligou pra contar uma piada?

— Não... na verdade eu te liguei porque queria saber como foi a assembleia...

Diego baixou a voz.

— Amanhã na escola te conto... agora não posso... meu pai tá aqui.

— Sim, tudo bem, mas você ouviu o que disseram na televisão? Se boicotarem os Jogos, vão ser expulsos!

— Não vão boicotar — sussurrou Diego, ajeitando os óculos no nariz com o indicador. — O Projeto deixou os atletas livres para se manifestarem como quiserem, não vai ter nenhum boicote.

Marcelino suspirou de alívio.

— Ainda bem! Seria uma pena ver Tommie Smith e os outros campeões impedidos de correr!

— Encontrei eles hoje...

— Quem?

— Tommie Smith e John Carlos... Estavam na assembleia.

— Genial! E como eles são?

— Dois gigantes. Amanhã vão fazer alguma coisa, mas ninguém sabe o quê... alguma manifestação... Todo mundo tem certeza disso, inclusive meu irmão.

— Puxa vida, isso, sim, é notícia! Você vai?

— Vou, com meu irmão. E você?

— Droga, meu pai não consegue comprar os ingressos... O estádio está superlotado, toda a Cidade do México vai estar lá, menos eu!

Diego não respondeu nada. Poderia perguntar a Dave se tinha outro ingresso, mas ficou calado.

— E com seu pai, como foi?

— Como foi o quê?

— O bilhete!

— Ainda não dei pra ele assinar...

— Que cilada...

"Muitas ciladas...", pensou Diego. Talvez Marcelino pudesse lhe dar um conselho sobre como pedir ao pai permissão para o dia seguinte, mas não perguntou nada.

— Ei... escuta... — Marcelino rompeu o silêncio. — Encontrei um bilhete na minha pasta. "Amigo de preto, você vai pagar", está escrito. É do Fernando, tenho certeza. A gente tem que tomar cuidado, você também...

— Por que eu?

— Por causa do seu irmão! O Fernando odeia gente igual a ele e poderia descontar em você. Esse aí não tem a cabeça no lugar. Amanhã na escola a gente se fala melhor, combinado?

— Combinado.

— Tchau então... Ah, já ia me esquecendo das bolinhas no deserto. Uma grita: "Cuidado com o cacto!". E a outra: "Que cactooooooooo...".

Diego riu, e com o canto do olho observou a mãe, que, do retângulo da fotografia, o observava com curiosidade.

Sapatos escovados

Tinha chegado o momento da verdade.

Segurando a agenda com força, Diego percorreu devagar o corredor e se aproximou do quarto do pai. A porta estava entreaberta. Ajeitou os óculos e introduziu a cabeça, sem bater.

"Pai, preciso falar com você...", estava para dizer, mas ficou calado a observá-lo.

O pai estava sentado numa cadeira diante da janela, de costas para Diego. Inclinado para a frente com as pernas abertas, escovava os sapatos. Fazia assim toda noite, não queria que outra pessoa se ocupasse disso.

Era um tipo estranho seu pai. Uma vez Diego o viu fechado na cozinha repassando com o ferro quente o vinco das calças que não estava marcado direito.

Ordem, ordem... Rigor, rigor... Alguma vez tinha havido entre eles um gesto que não fosse de ordem e rigor?

Talvez quando ele era pequeno...

De repente, veio-lhe à lembrança um episódio de quando a mãe estava viva. Ele tinha febre e tremia de frio, então o pai o envolveu em uma coberta, segurando-o no colo aquecido e cantando uma cantiga de ninar. Tinha uma voz terna, doce.

Agora, na casa deles, o silêncio só era rompido pelo esfregar rítmico e seco da escova no couro preto.

CAPÍTULO 4

Zim, zim, zim...

O pai prosseguia sem uma indecisão sequer, jamais uma ranhura no ritmo e no hábito. Todas as noites iguais.

Diego teve naquele instante a certeza de que o pai nunca lhe daria permissão para sair com Dave, principalmente depois de assinar o bilhete da professora.

Desesperado, não sabia o que fazer. Baixou o olhar, que caiu sobre a escrivaninha encostada na parede junto à porta.

Normalmente em perfeita ordem, agora estava desarrumada, o que era estranho. Sobre ela, espalhavam-se papéis, envelopes... cartas.

Um abajur as iluminava, como se tivessem sido lidas ou relidas havia pouco. Diego observou melhor os envelopes e notou que os grandes selos coloridos tinham o desenho da bandeira dos Estados Unidos, com estrelas e listras. Identificou também a letra inconfundível, alta e pontiaguda, de Mary, a mãe de Dave.

Havia uma carta aberta sobre as outras, e estava amarrotada, como se alguém a tivesse amassado num impulso e se arrependido depois.

Trazia a data de 7 de outubro.

Uma semana antes!

Os óculos de Diego escorregaram pelo nariz. Aqueles dois continuaram a se corresponder! Então

não era verdade que seu pai tinha riscado Mary de sua vida, que não queria mais nada com ela, como sempre lhe tinha dito!

Puxou depressa a folha de papel e se moveu para trás, em direção ao corredor, para lê-la. Seus olhos correram velozes sobre as linhas.

"Dave está engajado... a Universidade Estadual de San José... tem viajado muito... Projeto Olímpico pelos Direitos... Cidade do México para os Jogos Olímpicos... Diego? E você?... recuperado da doença?... e o coração? Os remédios... por favor... eles salvam sua vida..."

Diego lia arregalando os olhos. Que doença?! O coração?! Nunca tinha percebido o pai doente! Ele nunca lhe disse nada! Por quê?

Entrou de volta no quarto e, com mãos trêmulas, recolocou a carta no lugar. A raiva e uma sensação de inutilidade cresciam dentro dele. Seu pai sempre soube tudo sobre Dave, até mesmo que estava na cidade! Por que não tinha dito a ele? Para protegê-lo ou por que o considerava um zero à esquerda?

O mundo a seu redor rodopiava. De novo foi tomado por aquela sensação de que tudo parecia alterado, diferente... Teve de se apoiar na parede para não cair.

Quando ergueu o olhar por sobre as lentes, viu o pai à contraluz, como uma sombra diante da janela.

Zim, zim, zim...

Então o rejeitou com todas as suas forças, como se rejeita aquilo que impede de respirar, de agir, de ser livre e viver. Teve ódio dele.

Foi aí que o ritmo da escova se alterou.

Zim... zim...

... zim.

A regularidade da cadência desacelerou até se desfazer. Diego recuou; não queria que o pai o visse ao se levantar.

No entanto, ele permaneceu sentado e lentamente começou a se dobrar para a frente... O sapato em uma das mãos e a escova na outra se afastaram... A escova caiu no chão com um golpe seco; depois, o sapato.

Seu pai permaneceu imóvel... Diego o viu pegar a cabeça, apertá-la e sacudi-la com tamanha força como se quisesse arrancá-la. E então... então notou que os ombros dele se levantavam e se abaixavam, convulsos... Por fim, ouviu o pai irromper num choro cheio de soluços.

Diego estava atônito, nunca tinha visto o pai chorar. De repente, entre os soluços, escutou palavras entrecortadas:

— Eu amava as duas, amava, e as perdi...

Diego o observava como se tivesse diante de si um

desconhecido, um pai diferente daquele com quem convivia: um homem que reprimia o sofrimento dentro de si, uma pessoa despedaçada.

Não conseguiu mais suportar aquela cena. Virou-se para sair, mas, antes de se retirar, deslizou o olhar novamente pela escrivaninha, onde, ao lado da carta de Mary, estava a fotografia em que sua mãe e seu pai saíam da igreja de mãos dadas depois de terem se casado.

"Mãe...", disse em silêncio para ela, "você sabia que ele te amava tanto assim?"

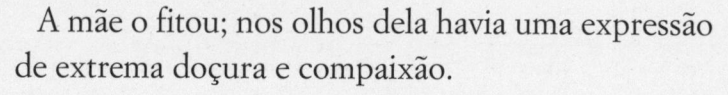

A mãe o fitou; nos olhos dela havia uma expressão de extrema doçura e compaixão.

MEX 68

CAPÍTULO
5

16 de outubro, 9 horas
Rumo à final

ROMPER A CORRENTE

Na manhã seguinte, quando Diego se levantou, seu pai já havia saído para trabalhar.

A cena que tinha visto na véspera ainda o comovia e o deixava confuso, mas procurou não pensar nela.

Vestiu o uniforme da escola e enfiou na pasta a camiseta e o boné de beisebol de Dave. Não via a hora de estar com ele.

Nem terminou o café da manhã, embora ainda não estivesse satisfeito. Encheu uma bolsa plástica com o que tinha deixado pela metade, mais uma garrafa de refrigerante, duas *enchiladas* e um saco de batatas fritas, e a fechou.

Antes de sair, escreveu um bilhete para o pai. Deixou o papel bem à vista sobre a escrivaninha, de novo bem ordenada como de costume, livre de cartas e envelopes.

"Vou almoçar na casa de um colega e à tarde vamos fazer as tarefas juntos na biblioteca."

As palavras tinham vindo num jato, sem que ele pensasse muito, mas, quando pouco depois voltou, porque tinha esquecido a pasta na escrivaninha, parecia que sua mãe, de dentro da fotografia, o chamava. Não estava mais triste. Em seu vestido de noiva cheio de esperança, ela olhava para ele como se esperasse algo dele também.

"Você pode ser melhor que isso", sussurrou-lhe.

Diego ficou alguns instantes parado diante do espelho sobre a escrivaninha. O que queria aquele garoto que olhava para ele? Que a corrente de mentiras entre ele e o pai não tivesse mais fim... Era o que queria?

Num impulso agarrou o bilhete, amassou-o, pegou outra folha e escreveu:

"Pai, depois da escola vou ao estádio com Dave para ver a final dos duzentos metros. Sei que você não vai aprovar e vai ficar com raiva, mas para mim é muito importante. Procure entender. Diego".

Desceu as escadas pulando os degraus dois a dois, sem tropeçar. A pasta pesava mais que os outros dias,

porém se sentia de corpo leve e, no trajeto rumo à escola, surpreendeu-se cantarolando a canção sobre o vento.

Agora

— Diego, me dê o bilhete assinado pelo seu pai! — ordenou a professora.

Ele se aproximou da mesa a passos lentos e lhe mostrou a agenda.

— Diego! Não está assinado!

Os colegas murmuraram, comentando o fato.

— Por que ele não assinou?

Diego manteve a cabeça baixa. Não sentia medo, simplesmente não tinha preparado uma desculpa.

— Você se esqueceu?

Ele assentiu, aliviado.

A professora acrescentou um segundo bilhete ao primeiro.

— Faça ele assinar também este. *Esta noite*! No terceiro bilhete, você vai para a diretoria e sua nota de comportamento vai ser rebaixada! Volte ao seu lugar!

Ele se sentou em sua carteira e guardou a agenda na pasta.

Esta noite era um futuro distante. O importante era que *agora* não havia mais obstáculos para a tarde com Dave.

O PIQUENIQUE

Diego e Marcelino comeram no parque, sentados de pernas cruzadas na grama sob as árvores. Diego tinha tirado a camisa do uniforme, que enfiou na pasta, e vestido a camiseta vermelha de Dave. Usava também o boné com a bandeira dos Estados Unidos.

A tarde estava abafada. O céu nublado se estendia acima deles.

Os dois garotos estavam cheios de boas perspectivas. Um diante do outro, mergulhavam os dentes nos sanduíches com entusiasmo.

— Não quis entregar para ele assinar, né?

Diego deu de ombros.

— Você é corajoso! — Marcelino lhe deu um tapa nas costas.

"Corajoso, ele?" A surpresa deixou Diego de boca aberta, e o último pedaço de sanduíche ficou atravessado na garganta.

— Hoje você vai ao estádio com seu irmão... Confirmado, né?

— Confirmado. Não vejo a hora.

Marcelino fechou a cara.

— Droga, eu não vou! Meu pai até agora não conseguiu os ingressos!

— Talvez no último minu...

— Siiiiimmm, quem sabe quanto vai custar! A te-

levisão disse que veio gente até da Europa pra ver a final dos duzentos metros. Só ganhando na loteria!

— É mesmo... — concordou Diego, considerando-se um sortudo.

Para comemorar o evento, pegou a garrafa de refrigerante e brindou a si mesmo. Depois abriu o saco de batatas fritas.

— Quer?

Marcelino encheu a boca.

— *Fff...* obrigado — grunhiu. — Falando nisso, conhece aquela da pulga que aposta na loteria?

— Não.

Marcelino sabia como escapar das adversidades.

— Uma pulga aposta na loteria e diz a uma amiga: "Se eu ganhar vou comprar um são-bernardo!" — e imitou um cão imenso, espichando para fora a língua coberta de batatinhas trituradas.

Diego começou a rir e Marcelino se dobrou para a frente, cuspindo batatas fritas como uma ducha.

As garotas

— E com as garotas, como vão as coisas?

Diego ficou vermelho.

— Bem... eu... na verdade...

— Uma coleção, né? — Sem esperar a resposta, Marcelino continuou: — Eu também! Conquisto

uma depois da outra: sou um dom-juan, minha mãe diz. E sabe de quais gosto mais?

Diego balançou a cabeça.

— Das mais altas do que eu! E elas gostam de mim!

Marcelino era baixo e magro. Diego fez uma cara de espanto, mas o outro tirou uma foto de dentro da pasta.

— Esta é a Sandra, minha última conquista. É aluna da minha mãe, está sempre lá em casa para ter aulas, mas eu sei que ela vem é pra me ver! Bonita, né?

Uma garota de pelo menos dezoito anos, morena e muito linda, sorria numa foto três por quatro.

— Muito...

— E a sua? A sua também é uma deusa?

Diego parou para pensar. Depois confirmou com a cabeça.

— E como ela é?

— É morena... — respondeu quase sem se dar conta. — É negra, linda! Demais!

— É mais alta que a gente?

— É.

Marcelino piscou um olho.

— Por acaso é aquela que esteve outro dia na escola?

— É, é ela...

— E...?

CAPÍTULO 5

Diego fechou os olhos, deu um suspiro profundo e concluiu tudo de um só fôlego:

— E ontem ela me beijou!

Pronto, tinha conseguido trazer aquele beijo para a realidade!

Marcelino emudeceu, e, quando Diego reabriu os olhos, viu que ele o encarava, muito admirado.

— Te beijou mesmo?

— Sim, não foi um beijo qualquer...

— Ah... — foi só o que disse Marcelino. Guardou de volta a foto da aluna da mãe em silêncio e não disse mais nada sobre o tema.

Diego entendeu que tinha levado a melhor.

Surpresa!

Passaram a falar de esporte. Estavam bem no meio de uma discussão sobre quem era o mais rápido dos velocistas quando uma voz feminina soou acima deles:

— Que vida boa, hein?

Os dois seguiram com o olhar duas longas pernas, desde o chão até o rosto sorridente de Cory, em pé diante deles. Com as mãos na cintura e a expressão curiosa, ela disse:

— Que legal encontrar vocês tão alegres, meninos! Piquenique no parque pra comemorar um dia especial?

Sem conseguir pronunciar uma palavra, os dois olhavam para ela como se fosse uma aparição.

— Mas você... você é... — gaguejou Marcelino.

— Cory! Prazer! E você é o Marcelino, amigo do Diego, certo? — Sentou-se perto dele e lhe estendeu a mão, que Marcelino apertou sem tirar os olhos dela.

— Pra... prazer.

Diego fingia limpar os sapatos, buscando evitar de todo modo o olhar de Marcelino, que insistia em piscar para ele por trás de uma das mãos para não ser visto por Cory.

Ela estava perfeitamente à vontade. Esticou o braço para pegar a garrafa sobre a grama, bebeu dois goles e depois beliscou no saco de batatas, levando à boca o que restava delas. Mastigou com calma, olhando para eles.

— Que foi? O gato comeu a língua de vocês? Nunca viram uma garota comer batata e tomar refrigerante?

— Como conseguiu encontrar a gente? — perguntou Diego.

— Passei na frente da escola e um colega seu me disse que você estava no parque com o Marcelino.

— Um colega?

— Sim, um com cara de javali furioso.

— E por que veio aqui?

— Vim por causa disso! — Enfiou os dedos na calça *jeans* e tirou do bolso um inconfundível bilhete de cor creme com os cinco círculos impressos.

— Um ingresso para o estádio! — Marcelino o pegou da mão dela. — É para a corrida de hoje! Que sorte a sua ter um desses!

— Ah, sim, eu sou uma garota de muita sorte! Também porque posso assistir a todas as competições simplesmente mostrando meu crachá do jornal da universidade!

— Mas então isso é pra quem?

Cory riu, dando uma piscadela para Diego, que disse:

— É pra você, seu bobo! Ainda não entendeu?

— Sim, é pra você! O Diego me disse que o Marcelino, amigo dele, não podia ir ao estádio porque não tinha ingresso, daí fui buscar um pra você.

— Você é demais! — Marcelino a abraçou, impetuoso, e Cory retribuiu.

Uma flecha de ciúme atingiu Diego em pleno peito. Marcelino olhava para ela extasiado.

— A Cory é o máximo! A Cory é demais!

Cory levantou o polegar para Diego.

— Tudo bem?

No entanto, ele não teve tempo de responder, porque ela disse:

— Ah, lá está ele!

— Quem? — perguntaram Diego e Marcelino juntos, virando-se.

— Seu colega, aquele que me disse onde vocês estavam! — e indicou a sua frente, com a mão, a alameda por onde avançava Fernando, como se estivesse marchando, seguido de seus dois amigos e de um desconhecido.

MEX 68

CAPÍTULO

6

O acerto de contas

Num instante, o clima tranquilo do piquenique se dissolveu.

Diego e Marcelino ficaram de pé e o ingresso deslizou ao chão entre a garrafa e o saco vazio de batatas.

Fernando trazia as calças enfiadas num par de botas pontudas, ao estilo *country*, contrastando com os outros dois, que ainda vestiam o uniforme da escola, como se fossem sua escolta.

Com eles, vinha um rapaz maior, que, quando se aproximou de Diego e seus amigos, mandou, com um gesto seco da mão, que os outros três ficassem recuados.

— O Fernando trouxe reforços. Aquele é o José, o

irmão mais velho dele, o maluco — sussurrou Marcelino a Diego.

O jovem olhava para eles com a testa franzida. Parou.

Era pouco mais alto que Fernando, corpulento e atarracado como ele, e parecia um caubói avançando debaixo do sol rumo ao acerto de contas.

— Ei, pivetes, o que vocês estão fazendo na companhia dessa aí? Vão embora pra casa se não quiserem se dar mal, e você aí, sua pretinha, volta pra sua favela, que é o lugar certo pra gente como você!

— Sim, é o lugar certo pra gente como você! — ecoou Fernando.

Diego apertou os olhos.

— Quem vocês acham que são? Não falem com ela desse jeito! Não ofendam ela, senão eu... eu... — gritou, com o coração martelando.

José caiu na risada.

— Você o quê? Vai fazer o quê, se nem é capaz de falar sem ficar vermelho feito uma mulherzinha?

— Sim, vermelho feito uma mulherzinha! — riu Fernando.

Diego deu um passo na direção dele e levantou um braço.

— Você não passa de um papagaio, Fernando!

Cory o deteve.

— Diego, não! Não responda a essas provocações com violência!

— Mas ele te ofendeu e eu não quero...

— Não, ele não me ofendeu — interrompeu-o Cory, pondo a mão no ombro dele e fazendo-o recuar. — Tá tudo bem, não se preocupe. São só uns meninos... — e sorriu para ele.

"Ela é forte", pensou Diego.

Cory se pôs diante de José e dos outros. Fitou-os séria. Era um palmo mais alta que eles. Inclinou-se um pouco e disse, com um tom de voz baixo e harmonioso:

— Vocês não me ofenderam, garotos. Acham que me ofendem, mas não é verdade. Pra mim, essas palavras não valem nada. Não valem nada pra ninguém. E sabem por quê? Porque vocês são só uns meninos e não sabem o que elas realmente significam. — Fixou o olhar neles. Era um olhar cálido e profundo, como sua voz. — Alguma vez vocês estiveram nas favelas desta cidade, naqueles lugares onde vivem as pessoas do meu povo junto com os esquecidos da sociedade?

Fernando não tinha previsto uma conversa com ela e olhou inseguro para o irmão, que, arrogante, balançou a cabeça. Ele então balançou a sua também.

— Imaginei. Eu, sim, vivi por muitos anos, não numa favela no México, mas no gueto da minha ci-

dade, no Sul dos Estados Unidos, e depois fui embora. Vocês têm razão: eu vou voltar, mas só pra tirar de lá os meninos da idade de vocês que, em vez de ir pra escola, são forçados a trabalhar. Vou ajudar a ser felizes as crianças que não sabem o que é uma piscina, porque são proibidas de entrar em uma. Vou ensinar a ler e a escrever aqueles que trabalham desde os quatro anos de idade e são explorados por três dólares ao mês. Vou ajudar essas pessoas a se tornar homens e mulheres que se respeitam e que querem ser respeitados. Vejam, garotos, quando criança, eu era triste, mas não dizia a mim mesma: "Coitada de mim... Coitada de mim...". Tentei entender o que acontecia comigo, morria de cansaço por trabalhar de dia e estudar de noite e nunca me sujeitei à vida do gueto. Sou contra a violência, e, se vou pelas ruas gritando pelos direitos dos meninos e das meninas da idade de vocês, é porque a vida que o mundo dos brancos nos impõe é injusta. Ela, sim, é violenta! Procurem abrir os olhos, façam um esforço vocês também, como eu fiz... E, mesmo de dentro da bolha em que vivem, vão ver tudo de um modo diferente. Aí, finalmente vão entender quem somos nós, os *negros*. Só então poderemos conversar como irmãos!

Então se virou para Diego.

— Agora vamos, Diego, o Dave espera a gente na Praça das Três Culturas!

Fernando olhava para o irmão, que tinha permanecido petrificado e não dizia uma palavra.

José havia escutado Cory como se estivesse enfeitiçado por ela, mas, quando a viu se virar para ir embora, de cabeça erguida, ombros relaxados, voltou a assumir aquela sua expressão raivosa.

— Ei, macaca, nós não somos seus irmãos! Nós nunca vamos ser iguais a você! Não sabe que vocês, pretos, são inferiores?

— Ei, macaca, nós não somos seus irmãos! — repetiu Fernando, e os dois de uniforme riram.

Mas ela nem sequer se virou. Levantou a mão e, enquanto um vento ligeiro fazia farfalhar as folhas das árvores, cantarolou:

— *Yes, and how many ears must one man have before he can hear people cry?*

UM INGRESSO AFOGADO
José foi atrás dela.

— Não vá embora cantando, pretinha! Responda agora você a minha pergunta: sabia que a segregação é da vontade de Deus? E sabia que vocês, pretos, nasceram para servir os brancos como nós?

— Sabia, pretinha? — ecoou Fernando.

Cory olhou para eles e sua expressão revelou cansaço. Eram "só uns meninos", mas lançavam palavras que machucavam até mesmo ela, que estava calejada. Justamente isso a feriu: que fossem tão jovens e já tão afeitos à crueldade. Podiam ser seus alunos...

Diego viu Cory perder a paciência por um instante e tremeu por ela. Como podiam odiá-la daquele modo, aqueles vermes, se nem sequer a conheciam?

— Deixem ela em paz! O que querem com ela? — gritou.

— A gente veio colocar as coisas no lugar: brancos com brancos e pretos com pretos! Vocês têm que voltar pro seu país, pretinha, entendeu? — disse José.

— Racistas, vão embora! — exclamou Marcelino, colocando-se ao lado de Diego.

José fez uma cara sarcástica.

— Ai, que medo! — Agarrou-o pela camisa. — A gente veio aqui pra limpar de vez a sujeira, e você devia meter isso na cabeça, amigo de preto!

Marcelino empalideceu. Diego então agarrou o braço de José.

— Agora chega! — Deu-lhe um empurrão e o outro caiu.

Fernando se adiantou contra Diego.

— Não toca no meu irmão, amigo de preto!

Marcelino então saltou na frente de Fernando.

— E você não toca no meu amigo!

— Chega! Parem com isso! — gritou Cory.

— Deixa ele pra lá, Fernando! É um pivete, não vamos sujar as mãos! — ordenou José enquanto se levantava.

Fernando recuou, mas, de repente, viu o ingresso com os círculos olímpicos.

— E isso aí, o que é?

— É meu, não toca!

— *Era* seu, moleque! Agora é *meu*!

Quis se inclinar para pegar o ingresso, mas Marcelino se jogou para a frente e, tropeçando nas pernas de Fernando, perdeu o equilíbrio. Fernando escorregou e caiu, derrubando com os pés a garrafa de refrigerante e chutando em cheio o rosto de Marcelino.

Marcelino urrou, levando as mãos aos olhos. A ponta de uma das botas *country* tinha furado sua testa, de onde jorrou um fio de sangue como de um poço de petróleo.

— Marcelino! — exclamou Cory, precipitando-se para socorrê-lo.

Ele rolava de dor pelo chão.

— Desgraçado, furou meu olho com essa bota imunda!

Branco feito um lençol, Fernando olhava para o sangue que escorria pela face do outro.

— Idiota! — O irmão o puxou com força. — Eu te disse que não era pra bater em ninguém!

Fernando se pôs de pé, confuso.

— Mas eu nem toquei nele! Juro, José, ele fez tudo sozinho!

— O que é que tá acontecendo aí? — gritou uma voz ao longe e, voltando-se, todos viram que era Dave, que vinha se juntar a eles correndo.

— Agora sujou! Vamos dar no pé! — ordenou José aos outros, que começaram a bater em retirada rumo à saída do parque.

— Covardes! — esbravejou Diego, correndo ao encontro de Dave para contar o que tinha acontecido.

— Vou chamar uma ambulância! — disse Dave.

Marcelino, com o olho ileso reaberto e o outro coberto com o lenço com que Cory estancava a ferida, contemplava as mãos ensanguentadas, pálido de medo.

— Vou ficar cego, Diego?

Diego, apavorado, não sabia o que dizer. Foi Cory que o tranquilizou:

— Que nada! A ferida é na sobrancelha.

Dave retornou e pouco depois uma ambulância percorreu a alameda com a sirene ligada. Parou per-

to deles, desceram dois enfermeiros com uma maca e Marcelino ficou ainda mais agitado.

— Tô com medo, Diego, nunca estive num hospital! Chamem minha mãe!

— Vamos chamar do hospital. Não se preocupe. Você vai ser medicado e logo vai poder voltar para casa — afirmou o enfermeiro, mas só quando Cory pegou sua mão e prometeu que o acompanharia na ambulância e não o deixaria sozinho no hospital foi que ele recuperou alguma cor.

— Vocês não precisam vir também. Vão para o estádio que eu cuido do Marcelino! — disse Cory, subindo na ambulância.

Diego não sabia o que fazer. Queria ficar com Marcelino, mas tinha esperado tanto aquela tarde com Dave… Olhou aflito para o irmão, depois fez o gesto de acompanhar Cory.

Marcelino levantou a mão e o impediu:

— A Cory vai comigo e você vai pro estádio, pra depois poder me contar a final! Acho que não vou conseguir ir!

Seu ingresso ainda estava sobre a grama, junto da garrafa de refrigerante, que tinha sido derrubada e o afogava num líquido marrom borbulhante. Voltou a olhar para o amigo, desconsolado.

— Droga, hoje o dia podia ter sido incrível! — Fez

sinal a Diego para aproximar o ouvido de sua boca e, enquanto Cory se despedia de Dave, sussurrou-lhe:

— Você não mentiu: ela é mesmo linda!

— Garotos, não podemos esperar mais! — exclamou o enfermeiro, que, afastando Diego, fechou a porta.

A ambulância partiu. Diego acompanhou com o olhar enquanto ela desaparecia entre as árvores em direção à avenida.

— Nada disso precisava acontecer...

Dave apoiou uma das mãos em seu ombro.

— É uma pessoa especial seu amigo!

Diego concordou.

— Ele pagou por todos.

— Você também foi muito corajoso!

— Sei... — replicou Diego, preocupado com Marcelino e ao mesmo tempo sentindo-se cheio de uma energia nova.

Saiu caminhando com o irmão para a Praça das Três Culturas. Aquela sensação ruim de estar sendo seguido não retornou. Nunca mais.

A Praça das Três Culturas

Três culturas marcaram a vida do México: a asteca, a espanhola e a moderna. Na praça, elas estavam representadas pelas ruínas das pirâmides, pela igreja de Santiago e pelos arranha-céus de concreto.

Diego tinha visitado a praça muitas vezes com o pai, mas agora olhava ao redor, desconcertado. Parecia que tinha acontecido um terremoto: o piso estava aos pedaços e, nas paredes dos prédios em volta, havia buracos e vidros partidos.

Dave parou diante de um quiosque.

— Quer comer um *taco* antes de irmos pro estádio?

No entanto, ele não respondeu. Estava olhando para um sapato sujo de sangue, abandonado num canto. Por todo o chão se viam muitas outras manchas. De início, achou que fosse tinta, mas agora tinha certeza de que se tratava de sangue.

Dave passou um braço em torno de seus ombros.

— Não sabe o que aconteceu aqui?

Diego balançou a cabeça. Durante a assembleia, tinha ouvido alguma coisa, porém não acreditava que...

A voz de Dave ficou turva:

— No dia 2 de outubro, aconteceu aqui uma coisa terrível durante uma manifestação de estudantes. Eram dez mil e protestavam contra o governo, que gasta milhões com os Jogos, mas não cuida dos mexicanos pobres. Eles foram atacados com tanques, disparos de helicópteros. Ninguém sabe quantos morreram... trezentos... talvez quatrocentos...

O rosto de Dave estava marcado com uma expressão de sofrimento.

— Algum amigo seu morreu?

Dave confirmou. O sapato ensanguentado olhava para eles do chão e, de repente, Diego se sentiu infeliz por aqueles mortos desconhecidos.

— Os estudantes estão protestando em todo lugar: nos Estados Unidos, na Europa, na Austrália... Ficou sabendo?

— Não...

— Todo mundo está falando disso, mas seu pai sempre manteve você no escuro! Queria fazer o mesmo comigo e com minha mãe, e esse foi um dos motivos pra ela ir embora. O modo que ele tinha de nos proteger era uma prisão! — irrompeu Dave.

Diego se sobressaltou: muitas vezes havia se perguntado por que eles tinham se separado, chegou mesmo a pensar que fosse culpa sua, mas nunca tinha achado a resposta.

Dave consultou o relógio.

— Ainda temos tempo pras corridas. Vem comigo, quero te mostrar uma coisa.

O outro Diego

Dave o guiou ao interior do Palácio Nacional, até os pés de uma imensa escadaria de pedra.

Grandes murais iluminavam de cores as paredes,

para cima, até sob as abóbadas, ao longo dos corredores no alto... por toda parte!

— Não tem nada mais bonito, né?

Diego assentiu, assombrado.

— Sabe como se chamava o artista que pintou tudo isso?

— Não.

— Diego Rivera.

— Diego que nem eu...

— Aqui está contada a verdadeira história do povo mexicano, não as mentiras sobre os grandes europeus que trazem a civilização para os "índios" ignorantes e sem Deus! Aqui está pintado o esplendor das culturas do México *antes* que o espanhol Hernán Cortés pisasse nestas terras... e matasse mais de quarenta mil para conquistá-las. Nesta mesma praça onde mataram os estudantes, lá em cima, Diego retratou o trabalho dos indígenas nos campos... a pobreza de povos explorados...

Subiram juntos as escadas e, degrau após degrau, corredor após corredor, Dave lhe contou a história de seu país de um jeito diferente do que havia aprendido. Enquanto ouvia, fitava as grandes imagens coloridas e tinha a impressão de estar dentro delas, experimentando mais uma vez a sensação de que o mundo estava revirado, escancarado.

— Tô com sede — disse, enfim, retornando ao presente.

Enquanto tomavam um suco de laranja, Dave lhe perguntou:

— Você nunca vai ao estádio com os colegas?

— Não, não tenho vontade.

— Nunca sai com eles?

— Prefiro ficar na minha...

Pensou em confidenciar que isso estava mudando, porque agora tinha Marcelino como amigo... mas Dave se aproximou mais dele. Ficaram ombro a ombro, e Diego sentiu que algo especial estava prestes a acontecer.

— Tenho que te contar um segredo, *bro*.

CAPÍTULO 7

O segredo de Dave

Antes que o irmão começasse a falar, o coração de Diego passou a bater forte.

— Eu não voltei à Cidade do México só por causa dos Jogos Olímpicos...

— Não?

— Voltei pra te ver, pra saber se você estava bem, se estava feliz. E sabe... naquele dia não passei por acaso na frente da sua escola. Fui lá de propósito, só pra te encontrar.

Diego arregalou os olhos.

— Senti muito sua falta nesses últimos meses. Por que o espanto?

— Você só me mandou três cartões-postais... Nun-

ca me telefonou... Achei que tinha se esquecido de mim... mesmo sabendo como gosto de você! — No mesmo instante, a dor que parecia ter sumido veio à tona novamente, junto com a raiva e a coragem de dizer: — Mas, no fundo, você tinha razão: nunca fui seu irmão de verdade!

Os lábios de Dave se apertaram.

— Faz sentido você estar aborrecido. Desculpa...

— Pensei em nunca mais te perdoar!

— E não estaria errado! Mas você precisa acreditar em mim. No início eu quis te escrever... Só que depois foi tanta novidade... o entusiasmo com a universidade, a viagem com a Cory... que acabei me esquecendo.

Diego balançou a cabeça. A raiva estava recuando como um rio depois da enchente.

— Você me deixou mal, mas depois te encontrei... conheci a Cory... conversamos no furgão... eu e Marcelino viramos amigos... e agora...

— Agora?

Dentro de Diego abria caminho um pensamento quase inacreditável: Dave tinha sentido falta dele! Tinha sentido a mesma coisa que ele! Havia voltado à cidade para vê-lo! Queria gritar de alegria, sair dançando, mas não suportava ver o irmão triste, então logo concluiu:

— Agora já passou!

Dave o abraçou.

— Porque você é um cara especial!

Diego se deixou apertar.

"Especial... eu...", repetiu para si. Quando se soltaram, perguntou:

— Você me procurou porque acha que eu preciso de proteção?

Depois daqueles dias, sentia-se mais seguro para fazer uma pergunta como essa.

Dave compreendeu e então lhe contou tudo.

Fixando os olhos nos dele, confessou que temia por seus amigos negros, pelo que poderia acontecer a Tommie e a John se boicotassem a corrida, que tinha medo da violência, que não dormia à noite pensando que Cory também arriscava a própria vida. Falou da esperança de que o mundo se transformasse e as desigualdades desaparecessem.

— Você é um garoto sério, digno de confiança... Ainda não conhece tantas coisas, mas sei que está do meu lado. — A voz de Dave falhou e ele começou a chorar. — Não posso mais ver as pessoas morrerem, Diego! Me dói saber que são agredidas! Entro nos bares, nos cinemas, sou servido como um rei e eles são tratados como inferiores, como seres desprezíveis que não têm direito a nada! Não

suporto mais! Eu sou branco, o que posso fazer?
Sofrer não basta! Posso lutar por eles? Posso mor-
rer? Posso matar quem os mata? — Seu olhar se encheu de medo. — Eu quero a paz, mas a violência
está ao alcance da mão! E às vezes a mão se arma
sozinha... Não quero, mas vou conseguir resistir?
O doutor King dizia: "Coragem não significa dar
socos!". Ele pedia que a gente lutasse sem atirar
pedras nem queimar edifícios... Mas será que sou
capaz disso? — Segurou a cabeça com as mãos. —
Ou o que eu tenho é só medo, Diego? Talvez eu
seja apenas um covarde e tenha medo daquilo que
me espera: a luta, o Projeto, a prisão... Algo grande
está se preparando no mundo. Vejo meus companheiros feridos... O doutor King, mataram! Bob
Kennedy, mataram! Eram homens de paz. Então,
por que foram mortos? Por que o mundo anda assim tão errado, Diego? Por que cabe a nós endirei-
tá-lo? Por que cabe... a mim?

Começou a soluçar. Diego não pensava que seu
irmão pudesse chorar feito criança e ficou impressionado. Era a segunda vez em pouco tempo que via
dois adultos chorarem.

Achava que ele era o mais frágil de todos e, de repente, sentiu crescer no peito um desejo de consolar
Dave. Pôs a mão em seu ombro.

CAPÍTULO 7

— Você vai conseguir — encorajou-o. — Mas toma cuidado pra não se meter em apuros.

Por um instante lhe pareceu ser o pai de Dave... um pai muito diferente do seu, obviamente, um pai que sabia dar apoio.

Dave levantou os olhos, enxugou as lágrimas e sorriu, doce, feito criança.

Um milagre

Caminharam rumo à moto. Dave a tinha estacionado atrás da praça.

— Como você descobriu o endereço da minha escola nova?

— Minha mãe me disse. Ela e seu pai ainda se escrevem...

— Eu sei.

— Sabe? De verdade?

— Sim.

— Mas talvez você não saiba que ele escreve pra ela com muito mais frequência do que ela pra ele, e às vezes telefona, manda presentes... Não consegue tirar minha mãe da cabeça...

— Também sei disso.

— Você não para de me surpreender, *bro*!

Diego contou a Dave o episódio da noite anterior. Parecia ter sido um sonho, mas, enquanto o relata-

va ao irmão, tornava-se real. E logo experimentou o sentimento que tinha visto na foto, nos olhos de sua mãe, na noite passada. Sentiu pena do pai. Foi quando Dave disse:

— Vai ver que, no fundo, é assim mesmo... e talvez ele também possa mudar.

Diego arregalou os olhos.

— É mesmo? Você acha que meu pai poderia ficar menos durão? Falar comigo quando voltar do trabalho, me ouvir? Me abraçar e me consolar quando eu estiver mal?

Dave olhou para ele, zombando:

— Calma aí, bicho, não precisa exagerar... Eu disse: *talvez...* — E acrescentou, caindo na risada: — Só mesmo por milagre... Um milagre bem grande, claro!

Diego também riu. Brincar sobre seu pai, rir disso com Dave, isso, sim, já era um milagre!

A FAVELA

Montaram na motocicleta.

"Que pena que o Marcelino não vai ver as corridas!", pensou Diego. "Coitado dele... Como será que está?"

Porém a lembrança do amigo logo se apagou. Agarrou-se à cintura de Dave e toda preocupação desapareceu.

CAPÍTULO 7

Na estrada, a caminho do estádio olímpico, passaram ao lado de uma favela, um dos lugares em que viviam os esquecidos da sociedade de que Cory tinha falado a Fernando.

Enquanto a moto desacelerava, Diego espiou curioso pelas brechas entre os grandes painéis publicitários que o governo tinha levantado como uma barreira para impedir os turistas de verem o que acontecia lá dentro. No entanto, ele viu.

Viu barracos de madeira.

Crianças seminuas brincando no meio do lixo.

Mulheres apanhando água de poças escuras.

Homens dormindo debaixo de jornais.

Vieram-lhe à mente os prédios de luxo do centro, onde ele morava. "São inferiores", era a explicação de seu pai e dos que pensavam como ele.

Até poucos dias atrás, de fato, Diego nunca tinha se preocupado com as explicações paternas. Nunca tinha procurado confirmá-las ou desmenti-las. Nunca tinha experimentado uma opinião realmente sua.

Agora, porém, sentia que, dentro dele, alguma coisa nova lutava para vir à tona, mesmo que não soubesse o que era.

Apertou-se ainda mais contra o irmão e logo viu que se aproximavam do estádio olímpico, onde os esperava a final dos duzentos metros.

MEX 68

CAPÍTULO

8

16 de outubro, 17 horas
A final

A POMBA NEGRA

Ultrapassaram a fila na bilheteria e, na entrada do estádio, Dave apresentou os ingressos de cortesia. Seus lugares eram centrais, não muito no alto. Daquela posição, era possível assistir às competições do melhor jeito!

Salto a distância, salto com vara, corrida de obstáculos, arremesso de peso... Diego se esforçava para acompanhar tudo.

O estádio estava superlotado. Ondas de cores, de cabeças, de olhos. Vozes, gritos, cantos, pessoas de diversas nacionalidades.

Era uma tarde abafada, e as pessoas se abanavam com os chapéus. Dave tirou a jaqueta *jeans* e, preso

na camisa, estava o bóton com o emblema do Projeto Olímpico pelos Direitos Humanos.

No alto, diante deles, na grande concha branca, ardia o fogo olímpico, celebrando a amizade entre os povos.

— Olha! — disse Dave.

Uma pipa com forma de pomba negra sobrevoou o camarote das autoridades.

Parte do público se pôs a aplaudir: aquela pomba recordava os estudantes mortos e as outras injustiças que os Jogos Olímpicos não queriam nem deixavam ver.

Entretanto, da arquibancada também ecoaram vaias, e Diego compreendeu que nem mesmo os fatos mais evidentes eram aceitos por todos.

Dave esticou um braço na direção da pista.

— Lá vêm eles!

Do túnel sob a arquibancada, saíam os velocistas dos duzentos metros. Ninguém mais se lembrou da pomba negra.

Essa era a competição mais aguardada. O entusiasmo do público atingiu o auge. Diego sentiu o ar vibrando.

Oito atletas, de diferentes partes do mundo.

Entre eles, destacavam-se os dois gigantes: o número 259, John Carlos, e o 307, Tommie Smith.

CAPÍTULO 8

Tommie, o Jato

Tommie era chamado de "o Jato".

Tinha onze irmãos e, na infância, vivia numa fazenda de algodão no Texas. Pertencia a uma das tantas famílias cujos antepassados tinham sido sequestrados da África e trazidos para a América alguns séculos antes, presos em correntes pesadas nos porões dos navios, famílias que ainda trabalhavam nas propriedades dos brancos ricos, embora a 13ª emenda da Constituição dos Estados Unidos proibisse a escravidão.

Quando menino, Tommie colhia algodão.

Doze horas por noite.

Ia à escola de dia e não perdia nenhuma oportunidade de correr. Diziam que tinha aprendido a correr antes de aprender a andar. Para ele, era como respirar.

Seu pai o repreendia: "É perda de tempo", mas Tommie sabia que não era. Quando foi participar de sua primeira corrida, o pai avisou: "Se não vencer hoje, você volta amanhã para o campo com seus irmãos!".

A partir daí, venceu sempre. A palavra *vitória* se tornou o sentido de sua vida.

Aos dezoito anos, foi aceito na universidade e agora estava ali, competindo nos Jogos Olímpicos,

para ser reconhecido como o homem mais rápido do mundo!

Tinha sido difícil. Nem ele sabia como, mas havia conseguido.

Seu pai finalmente ficaria orgulhoso dele.

JOHN CARLOS

John, por sua vez, tinha nascido no Harlem, o gueto negro da cidade de Nova York. Da janela de casa, via cenas violentas e, todo dia, antes de descer para a rua, se preparava para se defender.

Quando menino, ajudava o pai, sapateiro. Tinha dificuldades na escola; era disléxico, mas ninguém jamais havia se importado com ele.

Seu pai, antes de se mudar para Nova York, tinha colhido algodão e participado como soldado da Primeira Guerra Mundial. Arriscou a vida, porém no exército dos brancos o tratavam como rejeitado.

Sua mãe era enfermeira.

Aos dez anos, à noite, John abria a porta dos táxis, diante dos teatros onde se tocava *jazz*, para ganhar alguns trocados.

Era um rapaz forte, ágil. Seu sonho era atravessar o Canal da Mancha a nado e participar dos Jogos Olímpicos, um sonho logo destinado a se desfazer: os negros não podiam entrar nas piscinas para treinar!

CAPÍTULO 8

John, porém, não se rendeu. Os Jogos Olímpicos podiam ser vencidos de outras maneiras. Experimentou correr. Descobriu que era velocíssimo e que correr na pista era fantástico, dava-lhe alegria, fazia-o se sentir livre.

PETER NORMAN

Diego não tirava os olhos da pista.

Os atletas estavam se preparando para a corrida, ensaiavam a largada, davam pequenos saltos, faziam flexões.

Tommie Smith massageava uma perna, preocupado. Na véspera, tinha sofrido um estiramento e ainda sentia dor. Temia principalmente o arranque inicial. E se o músculo falhasse?

Tentando aquecê-lo, dentro de si torcia para que não houvesse nenhum problema.

John Carlos estava concentradíssimo. Saltitando, olhava a pista, que, para ele, era tudo o que existia.

A corrida estava no pensamento e nos músculos de todos os competidores.

Só um dos oito não estava se aquecendo. Sentado num bloco de partida, agitava as pernas, nervoso, e olhava ao redor.

Usava a camiseta número 111, era loiro com a pele bem clara, magro e mais baixo que os outros. Pare-

cia ter passado ali por acaso quando se deteve para assistir aos Jogos.

— Quem é? — perguntou Diego.

— Peter Norman, um australiano.

Peter Norman, que nos Jogos Olímpicos era desconhecido, tinha batido todos os recordes de velocidade em seu país.

Vinha de Melbourne, proveniente de uma família muito religiosa e com poucos recursos. Para ele poder correr, seu pai teve de pedir tênis emprestados.

Um dia, aos treze anos, época em que trabalhava como aprendiz de açougueiro, alguém lhe passou o bastão por engano durante uma corrida na escola e ele se pôs a correr. Nunca mais parou.

Os pais tinham lhe ensinado a não avaliar ninguém pela cor da pele ou pela riqueza. Para ele, as pessoas eram pessoas: se o tratavam bem e gostassem dele, convivia com elas; do contrário, não.

Tinha vindo para os Jogos reunindo uma coragem de leão, pois sabia que precisava enfrentar os maiores campeões do mundo.

Peter era tímido.

E agora estava nervoso.

Não queria que os outros percebessem, mas estava bem inseguro. Sabia que era fraco no arranque. Observava os gigantes a sua volta e pensava com todas

as forças como poderia ultrapassá-los, quando eles o deixassem para trás.

Sentado naquele bloco de partida, começou a elaborar um plano. Então, com tudo claro na mente, levantou-se, aproximou-se de Tommie Smith e lhe disse:

— Boa sorte.

A CORRIDA

Os atletas se prepararam nos blocos de partida.

As câmeras de todo o mundo estavam apontadas para a pista. Para os corredores, era a chance de sua vida.

Os vencedores se tornariam famosos e talvez até ricos. Um atleta que vencia os Jogos Olímpicos nunca mais era esquecido.

Diego esperava impaciente, ajeitando os óculos sem parar. Ao tiro da largada, viu os corredores se lançarem adiante como flechas.

John Carlos partiu primeiro.

Atrás dele, Tommie Smith.

Os outros já estavam distantes. A corrida parecia decidida. De repente, porém... do fundo da curva, avançou um branco. Parecia um raio.

Era Peter Norman.

Um a um, ultrapassou cinco. À sua frente agora, somente Tommie Smith e John Carlos.

Então, Tommie deu uma arrancada.

Foi como se suas pernas, correndo, ficassem mais longas.

Devoravam a pista.

Os pés pareciam não tocar a terra.

Ultrapassou John. Deixou todos para trás.

Aquele homem não corria: voava!

E logo levantou os braços, rompendo, com um sorriso, a fita de chegada. Tinha vencido!

Peter Norman, enquanto isso, havia se colocado ao lado de John Carlos, que estava olhando para a esquerda, controlando um competidor, também estadunidense, com grandes chances. Achava que já tinha garantido o segundo lugar, mas tarde demais se deu conta de que, a sua direita, Peter Norman vinha rápido como um foguete e o ultrapassava.

— Ah, o cara branco! — disse John entre os dentes, olhando para as costas do australiano.

Assim, Peter ficou em segundo, e John, em terceiro.

— Conseguimos duas medalhas! — gritou Dave, abraçando Diego, que pensava: "Já acabou?".

Duzentos metros duram um punhado de segundos para quem tem asas nos pés.

Um punhado de segundos suficiente para mudar mais de uma vida.

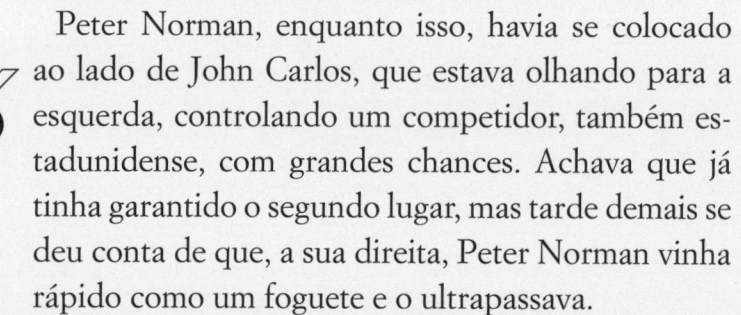

NENHUMA MANIFESTAÇÃO

Não tinha havido nenhuma manifestação contra os Jogos. Diego pensou que Dave e Cory tivessem se enganado.

O público aplaudia, aclamava os vencedores.

Mil *flashes* pipocaram dentro do estádio. Vibrava uma emoção enorme, o entusiasmo subia aos céus. Diego, cheio de alegria, acompanhou com os olhos os vencedores saírem do campo. Tinham sido geniais. Ele os admirava muito, queria ser como eles e os imaginava mergulhados nas luzes da glória, saboreando a vitória.

Então, Dave disse:

— Quando vencem, são heróis; fora do estádio, são alvos — e tudo se cobriu de sombra.

Para Tommie e John, nada mudaria? Reviu na lembrança a favela, pensou no que Cory tinha dito, no que havia ouvido na assembleia, e toda aquela excitação, aquele entusiasmo coletivo, começou a perder o sentido.

NOS VESTIÁRIOS

— Vamos aos vestiários — disse Dave.

— E a premiação?

— É depois. Vem.

Abriram caminho entre o público, descendo a arquibancada. Dave mostrou o crachá aos guardas e os

dois se enfiaram pelo labirinto dos corredores, até os vestiários.

Diante de uma das portas, havia agitação. Tommie e John vestiam o uniforme da equipe dos Estados Unidos e sorriam recebendo os parabéns e os tapas nas costas dos companheiros. Assim que o viram, cumprimentaram Dave, que puxou Diego para a frente.

— Meu irmão!

— Tudo bem, campeão? — Tommie sorriu.

— E aí, *bro*? — John lhe estendeu a mão.

Diego olhava para eles reclinando a cabeça para trás. Diante deles, sentia-se um gnomo.

"Gostaria de ter dois irmãos assim", disse para si mesmo.

Percebeu, no entanto, que eles tinham o olhar distraído, talvez ainda concentrados na corrida ou talvez em outra coisa. Um a um, os companheiros se afastaram para retornar à pista e assistir à premiação. No corredor, ficaram só eles quatro.

Tommie e John se recolheram num canto. Diego viu que falavam a meia-voz, como se conspirassem.

O QUE ESTÁ ACONTECENDO?

De repente, a porta de um vestiário se abriu e apareceu Peter Norman, o australiano. Os três se olharam. Ele tinha os olhos luminosos.

— Todo mundo já foi?

Diego balançou a cabeça. Peter percebeu Tommie e John em seu canto.

— Ei, o que estão fazendo aí? Não vêm receber a medalha?

— Vamos, mas ao nosso modo — respondeu John, tirando os sapatos.

Tommie estava fazendo o mesmo. Os dois usavam meias pretas. Peter franziu o cenho.

— Mas o que está acontecendo?

"Mas o que está acontecendo?", também se perguntou Diego, e de novo o invadiu aquela sensação de estranhamento, de algo desconhecido que ganhava forma.

John baixou o zíper da jaqueta do uniforme, deixando ver uma camiseta preta e um colar de contas no pescoço. Tommie, enquanto isso, calçava um par de luvas pretas.

Peter Norman observava cada gesto, concentrado como quando estava sentado antes da partida.

— Puxa, esqueci as minhas! — disse John.

— Como a gente faz? — quis saber Tommie.

Peter se aproximou deles.

— Cada um usa uma luva!

Os dois se voltaram.

— Você acredita nos direitos humanos? — perguntou-lhe John.

Peter assentiu.

— Então... está com a gente?!

Fez-se silêncio, e logo o australiano apontou para os dois bótons com o emblema do Projeto Olímpico pelos Direitos Humanos que Tommie tinha na mão.

— Sim, estou com vocês. Me dê um também.

— Não tenho outro...

Do fundo do corredor, ouviu-se um vozerio.

— É a equipe de canoístas de Harvard — disse Dave.

Avançavam brincando entre si. Eram chamados de "espíritos livres" e todos os sete usavam no uniforme o bóton do Projeto. Tommie se aproximou do chefe da equipe e pediu dois bótons. O rapaz destacou um de sua camiseta e pediu a um companheiro que fizesse o mesmo.

Tommie estendeu um deles a Peter e, enquanto o australiano o espetava no uniforme, disse-lhe:

— Você é corajoso, cara!

— Toda pessoa nasce igual e com os mesmos direitos — respondeu Peter. Em seguida, sorriu, tímido, fazendo brilhar os olhos verdes.

Tommie lhe deu um tapa no ombro.

— Agora somos irmãos!

Diego tinha visto e ouvido tudo, não conseguia tirar os olhos dos atletas.

Tommie percebeu.

— Tome, fique com este pra você, *bro*! — e lhe pôs na mão o outro daqueles bótons grandes e redondos.

Diego estava tão emocionado que nem conseguiu agradecer. Apertando o bóton entre os dedos, viu que os três se perfilavam e se afastavam rumo à saída, rumo à luz, rumo ao pódio.

Os dois primeiros caminhavam na frente, descalços e com os sapatos na mão. Peter os seguia com o bóton sobre o coração.

— Esses têm coragem pra dar e vender — sussurrou Dave. — Vem, vamos voltar pros nossos lugares na arquibancada.

— E o que vai acontecer agora? — perguntou Diego, correndo atrás dele.

Dave se virou.

— Agora vai acontecer História, *bro*!

A SAUDAÇÃO

No pódio, mais acima dos outros, estava Tommie, em seguida Peter e, por fim, John. Tinham uma medalha pendendo do pescoço e, no peito, o bóton com

o emblema do Projeto. Em breve, soariam os hinos nacionais, primeiro o dos Estados Unidos, depois o da Austrália.

Prepararam-se, voltando-se juntos para as bandeiras. Eram um branco e dois negros, e Diego via os três como um só.

O público ficou de pé e fez silêncio. O momento dos hinos era o mais emocionante.

Dave apertou o braço de Diego, mas ele nem se deu conta, de tão arrebatado que estava pelo que acontecia no gramado.

As primeiras notas do hino nacional dos Estados Unidos vibraram no ar. Tommie, John e Peter permaneceram imóveis, cabeça erguida, olhando para a bandeira que tremulava, como faziam normalmente os atletas vencedores.

Até que...

Tommie e John inclinaram a cabeça para a frente, e o rosto de Tommie assumiu uma expressão de sofrimento, como se uma antiga dor viesse à tona.

E, quando as notas majestosas encheram o estádio, os dois ergueram um braço e o mantiveram levantado.

Tommie, o direito, bem esticado.

John, o esquerdo. Ele o deixou um pouco dobrado, como um escudo, para se defender de qualquer violência que pudesse ocorrer.

Cada mão, envolvida por uma luva preta, estava fechada em punho.

Punhos que conseguiam furar o céu.

— Meu Deus! — exclamou Dave.

Um colar de contas pretas no pescoço de John, um lenço preto no de Tommie, a recordar tantos amigos que tinham sido linchados ou mortos.

Meias pretas, como os pés de quem não tem o que calçar.

A cabeça inclinada, em honra àqueles que tinham morrido para defender os direitos de todos.

E aqueles punhos pareciam gritar e pedir justiça.

Respeito.

Dignidade.

Igualdade.

E Peter?

Diego o observou.

O australiano olhava para a frente, o bóton no peito, enquanto os outros dois, a suas costas, faziam a saudação.

Assim ficaram, imóveis, os três, até que as notas dos hinos se diluíram.

Por um longo instante, o tempo no estádio se deteve.

Então...

NIGGERS[7]

Então explodiu um estrondo. Assobios, gritos, insultos.

— *Niggers! Niggers!*

À frente de Diego, um homem gritou:

— Pra esses três já era! Estão acabados!

— Vão se arrepender pra sempre! — berrou outro.

Diego olhou para a multidão dos espectadores em convulsão, até ver, mais acima, Fernando, José e os amigos. Estavam de pé, com as mãos em concha e o rosto vermelho de raiva, lançando insultos e fazendo gestos furiosos.

Os gritos se tornavam cada vez mais fortes. Sentindo-se invadido por eles, Diego tapou os ouvidos, mas continuou a olhar para os três gigantes, que desciam do pódio.

Tommie e John ergueram o punho de novo para os fotógrafos, enquanto Peter se dirigiu sozinho aos vestiários.

Tommie conservava a expressão de dor.

— *Niggers*, voltem para a África! — bradou alguém.

O estádio estava contra os dois, que, no entanto, mantinham-se imersos numa nuvem de silêncio.

---

7. Termo pejorativo e racista usado na língua inglesa para referir-se às pessoas afrodescendentes. (N. E.)

CAPÍTULO 8

Diego gostaria de estar ao lado deles, mas os viu desaparecer na boca escura do estádio.

Ao redor, reinava o caos.

Os espectadores vaiavam, os fotógrafos e jornalistas corriam para os vestiários, as câmeras fotográficas e de televisão empunhadas como armas.

Diego e Dave começaram a descer lentamente a arquibancada, apertados pela multidão, que continuava a xingar.

Tommie, John e Peter tinham saído de cena, mas aquela saudação clamorosa estava ribombando, como uma onda enlouquecida, em todas as televisões, alcançando cada canto da Terra. No dia seguinte, ela apareceria nas primeiras páginas dos jornais e seria rotulada como "o gesto mais forte do século XX".

Um gesto corajoso que não seria perdoado e que despojaria aqueles três de tudo o que tinham conquistado.

Isso era o que todas as bocas repetiam num eco infinito, poluindo o ar com profecias cruéis.

O SENTIDO DAS COISAS

Diego seguia Dave no meio da multidão para sair do estádio. Um nó lhe apertava a garganta, a sensação de estranheza não o deixava respirar.

Não era só a emoção pelo que tinham feito Tommie e John, mas também pelo que lhe havia acontecido naqueles quatro dias.

Seu pai... o encontro com Dave... o beijo de Cory... a assembleia... Marcelino... Fernando e José... Tommie e John... a saudação... e, enfim, Peter Norman, o australiano. Foi nele que se concentraram os pensamentos de Diego.

"Por que se juntou a Tommie e John, se é branco e não tem nada a ver com os problemas deles? Nem sequer se conheciam antes da corrida!"

"Agora somos irmãos!", tinha dito Tommie a Peter nos vestiários, depois de lhe dar um bóton do movimento.

"O que vai ser dele agora? O que vai ser daqueles três?", perguntou-se. Então, de repente, um raio o percorreu: "E o que vai ser de mim?!".

Tudo o que tinha vivido naqueles dias confluía naquele momento.

Dave iria embora, ele ficaria com o pai e naquela noite teria de se explicar, para no dia seguinte voltar à escola, sentir-se mal de novo e...

Se fosse o Diego de quatro dias antes, teria se abatido pela angústia, se fecharia para não sofrer. No entanto, aqueles quatro dias e aquele gesto mudaram tudo.

— Diego, coragem! Eles vão conseguir, vão se ajudar, todos nós vamos ajudar! Somos irmãos para sempre, como eu e você! — murmurou Dave.

— Oh! — Diego arregalou os olhos e, enquanto a grande porta do estádio se abria para a luz, começou a entender: não mais quase irmãos, e sim irmãos por inteiro e para sempre.

Aqueles três tinham sacrificado tudo, como só um irmão pode fazer por outro. Como ele teria feito por Dave, e Dave, por ele, mesmo que não fossem irmãos de verdade.

Irmãos por inteiro e para sempre.

Começou a entender que, se Dave para ele era seu irmão, também aqueles três eram irmãos uns para os outros e para todos aqueles que compartilhavam da mesma sorte, do mesmo ideal, e que, quando um irmão precisa de ajuda, o outro não recua, ainda que isso lhe cause sofrimento.

Por fim… "E aí, *bro*?", tinham dito a ele.

A pergunta mais difícil chegou na ponta dos pés: aqueles três podiam ser irmãos também para ele? Por inteiro e para sempre?

Não houve uma resposta, mas a coisa misteriosa que ele tinha por dentro e que queria nascer finalmente veio à luz e o arrebatou. Tinha a força de um espaço que se alargava, que se multiplicava, de um vazio que se enchia.

Dave cantarolou:

— *É de amor que você precisa!*
Amor que o escancara para o mundo.
Amor que não vê diferença.
Amor que faz você não se sentir mais sozinho.

E a resposta chegou a Diego num sopro de vento.

Sim, também aqueles três, assim como Cory e Marcelino, podiam ser seus irmãos por inteiro e para sempre! Da mesma forma, os amigos de Dave, os atletas que tinham participado da assembleia e os outros desconhecidos podiam ser seus irmãos... Diego se deu conta de que não havia limites para aquela lista. Era esse o amor universal que Cory tinha lhe explicado?

Recomeçou a respirar.

No coração, a esperança tomou o lugar do vazio, e a solidão, que tinha feito dele um prisioneiro em todos aqueles meses, se dissolveu no ar.

No fundo, ele também havia vencido seus Jogos Olímpicos.

RETORNO À VIDA

A mão apertava o guidão da motocicleta, acelerando.

— Vem, monta, vou te levar pra casa!

Diego abraçou a cintura do irmão e atravessaram bem lentamente a grande praça. Ainda eram muitas as pessoas que saíam do estádio. Algumas se diri-

giam aos ônibus enfileirados junto às calçadas, outras paravam em pequenos grupos para conversar.

Diego reconheceu Fernando e José numa turma de garotos. Imitavam a cena do pódio, com o punho erguido, e, pela expressão dos dois, deu para perceber que estavam repetindo os insultos.

— Ei, olha quem tá ali! — gritou Dave, dando uma guinada na moto e dirigindo-a para um dos portões.

Cory e Marcelino saíam do estádio. Ela usava um grande chapéu amarelo, e ele, um boné com estrelas e listras igual ao de Diego.

— Diego! — Marcelino correu ao encontro dele.

— Marcelino! Como você está?

Marcelino girou para trás a aba do boné e um vistoso curativo apareceu sobre o olho esquerdo inchado.

— Tudo bem, me deram cinco pontos e depois, como vimos que ainda dava tempo, Cory me trouxe ao estádio. Tribuna da imprensa! — Depois ficou sério. — Você viu aqueles três no pódio? Que loucura, Diego! O que vai acontecer com eles agora? Vão ser expulsos dos Jogos?

Diego encolheu os ombros e Cory piscou os longos cílios.

— Vamos ver. Vão ter uma vida difícil, é quase certo, mas tomara que não seja dura demais. O mundo

todo viu o que fizeram, e isso é muito importante para nossa luta.

Dave consultou o relógio.

— Está ficando tarde, garotos. É melhor vocês irem pra casa. Vão juntos? A gente também precisa ir embora, Cory.

Diego desceu da moto a contragosto, e ela ocupou o lugar dele.

— Esta noite, Dave e eu vamos cruzar a fronteira e, em dois dias, estaremos na Califórnia! Depois, retomaremos a viagem para ajudar os irmãos dos estados do Sul!

Diego se surpreendeu:

— Você vai com ele?

— Eu me cansei do furgão. Na moto vai ser mais bacana!

— Cory, sinto muito pelo que aconteceu no parque com o Fernando...

— Não se preocupe, nem sempre as coisas são como a gente quer. — Tirou o chapéu e o agitou no ar. — Adorei conhecer vocês! — Em seguida, pulou da moto e abraçou os dois, apertando-os contra o peito. — Boa vida, meninos!

Dave riu.

— Que garota! — disse, enquanto Cory subia de novo na moto.

— Dave... — Diego ajeitou os óculos com um dedo. — Quando a gente se vê de novo?

— Não sei, mas vamos estar sempre unidos, eu nunca vou te deixar. Irmãos para sempre! Você não está mais sozinho, não se esqueça!

Diego assentiu.

— Então, tchau, até breve — sussurrou com um nó na garganta.

— Tchau!

Dave acelerou e ele e Cory partiram, cantando:

— *The answer, my friend...*

Diego os seguiu com o olhar até que se tornaram minúsculos. Depois, caiu no choro, mas não eram lágrimas de tristeza; eram lágrimas e pronto.

— E isso, onde conseguiu? — Marcelino o puxou pela camiseta.

Diego inclinou a cabeça para o bóton do Projeto.

— Foi o Tommie Smith que me deu!

Marcelino riu.

— Tô falando a verdade!

— Não tô rindo por isso, mas fiquei pensando na cara que você ia fazer quando eu te dissesse que... — Marcelino baixou a voz e lhe falou ao ouvido: — ... também ganhei um!

— O Tommie também te deu um destes?

— Não, eu tô falando dela, da Cory! Também

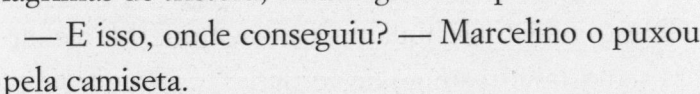

ganhei um beijo dela! Enquanto a gente tava no hospital!

Diego ficou sem palavras.

Logo viu que o olho inchado de Marcelino tentava piscar debaixo do curativo, sem conseguir.

— Brincadeira! Ela não me beijou, mas foi muito legal e carinhosa. Enfim, a Cory ainda é toda sua!

— Na verdade... sabe... — Diego baixou o olhar.

— Bem... talvez eu tenha imaginado que ela era minha garota, o beijo na verdade...

— Acha que eu não sabia, seu tonto? — Marcelino lhe deu um tapa no ombro. — Eu também não tive nada com a aluna da minha mãe, mas sonhar não custa nada, né?

Diego assentiu, enquanto pensava que Marcelino era seu primeiro amigo de verdade.

Marcelino coçou o curativo e disse:

— Falando de chute na cara... e de pés: sabe por que a girafa tem o pescoço tão comprido?

Diego balançou a cabeça e, mesmo antes de ouvir a resposta, começou a gargalhar.

MEX 68

APÊNDICE AO ROMANCE

Washington, 28 de agosto de 1963
**Para quem quiser saber mais sobre
a Marcha de Washington**

A GRANDE MARCHA
Tinham chegado a Washington
vindos de todos os estados.
De ônibus, de trem, apinhados nos carros.
De toda classe social, idade, cor.
Milhares,
e marchavam há horas,
espelhando-se no céu e na água,
rumo ao túmulo de Abraham Lincoln.
Marchavam incitados por uma ideia:
a de que todos os seres humanos podiam ser
reconhecidos iguais em direito.
Neles, não havia ódio,

não havia violência.
Marchavam em paz.
Uns empunhavam cartazes.
Uns entoavam palavras.
Uns cantavam canções.
Uns levavam pensamentos de paz.
Outros, emoções.
Outros, lembranças da prisão.
Uns marchavam em grupo.
Uns seguiam sozinhos, acompanhados pela dor.
Uns tinham perdido tudo,

até a dor.
Marchavam.
Quando os primeiros chegaram diante do monumento,
pararam.
E os outros, atrás deles,
espalharam-se pelo gramado ao redor.
A polícia estava em toda parte.
No palanque, alguns jovens
cantavam músicas de protesto.
Um deles era o que tinha escrito:
"The answer is blowin' in the wind...".
Não era a primeira marcha pelos direitos.
Mas foi a maior
e ficou na história.
Lincoln observava,

sentado na poltrona de mármore.
Quando o doutor King subiu no palanque,
da multidão se ergueu um grande aplauso.
Martin era um homem de pele lisa, brilhante e rosto
redondo, o bigode delicado e bem-feito.
Vestia-se com elegância. Calças bem passadas,
sapatos engraxados, paletó, gravata.
Voz suave.
Começou a falar dos Estados Unidos,
daquele pacto pela igualdade
— a 13ª emenda! —,
que tinha sido quebrado.

Falou de uma nação em que
o negro vivia num deserto
de direitos pisoteados e de miséria,
numa terra de riquezas e democracia,
da qual ele era excluído.
Falou de fraternidade.
Falou dos filhos de Deus,
que não tinha cor.
Disse que não haveria paz
nos Estados Unidos
enquanto não despontasse
o "dia esplêndido" da Justiça.
Disse que a luta deles não cessaria,
mas convocou uma batalha sem violência,

construída com dignidade e disciplina.
Para aquele dia, tinha preparado um discurso
— aquele homem sabia trabalhar as palavras!,
e de seus lábios elas fluíam como um rio.
Enquanto falava,
a multidão permaneceu em silêncio:
incentivava-o, concordava.
Multidão de negros e de brancos.
Estavam todos com ele.
Então falou
do sonho...

Disse:
*"Eu lhes digo agora, meus amigos, que embora
enfrentemos as dificuldades atuais e futuras, eu
ainda tenho um sonho. É um sonho profundamente
arraigado no sonho Americano. Eu tenho um sonho
de que um dia esta nação vai levantar-se e sustentar
o verdadeiro significado de sua crença – consideramos
como verdades evidentes por si mesmas que todos os
homens são criados iguais. Eu tenho um sonho de
que, um dia, nas rubras colinas da Geórgia, os filhos
de antigos escravos e os filhos de antigos senhores
poderão sentar-se juntos à mesa da fraternidade.
Eu tenho um sonho de que, um dia, até mesmo o
Mississippi, um estado que transpira com o calor da*

injustiça, que transpira com o calor da opressão, será
transformado em um oásis de liberdade e justiça. Eu
tenho um sonho de que meus quatro filhos pequenos
vão um dia viver em uma nação onde serão julgados
não pela cor de sua pele, mas pelo conteúdo de seu
caráter. Hoje eu tenho um sonho!"[8]

Palavras que arrebataram os corações,
destravaram as mentes.
Derrubaram a muralha do impossível.
E aquilo que os presentes
não ousavam acreditar sozinhos
acreditaram juntos;
e a luz que não ousavam ver sozinhos
viram juntos.
Nem mesmo depois,
quando ele partiu para sempre,
em abril de 1968,
esqueceram seu discurso.
Porque aquele discurso mudou tudo.
Uma nova consciência
veio à luz.
Ele tinha visto o sonho,

---

8. Trecho reproduzido de *A autobiografia de Martin Luther King*, de Clayborne
Carson e Martin Luther King, com tradução de Carlos Alberto Medeiros (São
Paulo: Zahar, 2014), onde está o discurso completo. (N.E.)

e agora todos eles também viam.

Aquele discurso não tornou grande apenas aquela marcha;

aquele discurso tornou grande toda a Humanidade.

Na noite de 16 de outubro de 1968, Tommie Smith e John Carlos foram expulsos da Vila Olímpica. A opinião pública dos Estados Unidos os considerou "traidores dos valores estadunidenses". Com isso, a vida dos dois se tornou um inferno de rejeições e ameaças. Eles se mantiveram com pequenos empregos e ficaram marginalizados. Só muitos anos depois seu gesto foi reconhecido e eles foram "reabilitados". Em 2005, a Universidade Estadual de San José, em nome do respeito aos direitos civis, dedicou a seus dois ex-alunos um monumento.

O monumento, que representava o pódio olímpico e o gesto famoso, tinha apenas duas estátuas: a de Tommie e a de John. O segundo degrau do pódio estava vazio.

Peter Norman, presente à inauguração, não se ofendeu, dizendo: "Gosto da ideia! Assim, qualquer um vai poder subir naquele degrau vazio e erguer-se em favor daquilo em que acredita!".

Grande coração australiano!

Também para ele a vida não foi fácil depois daquele distante dia de 1968.

Peter Norman vinha de uma família pobre, que tinha lhe transmitido os valores da fraternidade entre todos os seres humanos. Era o velocista mais rápido da Austrália, mas, depois dos Jogos Olímpicos do

México, foi afastado de qualquer competição e nem sequer foi convidado como anfitrião nos Jogos de Sydney, em 2000.

Permaneceu só, esquecido. Sofreu muito com isso e adoeceu.

Morreu em 2006, e, como última saudação, Tommie e John participaram de seu funeral.

Somente em 2012 — portanto, seis anos depois de sua morte — o Parlamento australiano lhe pediu desculpas formais pelo modo como foi tratado.

Peter pagou toda a vida por seu gesto de solidariedade, mas nunca se arrependeu.

SOBRE A AUTORA

Chiara Lossani nasceu em 7 de maio de 1954, em uma cidade próxima a Milão, Itália. Em 1978, dez anos depois dos Jogos Olímpicos nos quais Tommie Smith e John Carlos fizeram história, formou-se em Estudos de Língua Moderna.

Em 1982, tornou-se diretora da Biblioteca Municipal de Trezzano sul Naviglio, passando a se envolver mais profundamente com a literatura. Nessa época, percebeu que os livros fariam parte de sua vida e que ver crianças e jovens lendo, de fato, a completava. Desde 1995, tem publicado livros destinados ao público infantojuvenil, pelos quais ganhou diversos prêmios.

SOBRE O TRADUTOR

Marcos Bagno nasceu em Cataguases, Minas Gerais, em 1961. Ele é linguista, doutor em filologia e professor universitário de Línguas Estrangeiras e Tradução da Universidade de Brasília. Tem mais de trinta livros publicados entre literatura e obras técnicas e didáticas.

FONTES Avenir, Didot e Simoncini Garamond Std
PAPEL Pólen *Soft* 80 g/m²